DRESSLER

Von Michael Fry ist im Dressler Verlag erschienen:
POW!: Pauls Oberkrasser Wachdienst
POW!²: Keine Gnade

MIX
Papier aus verantwortungsvollen Quellen
FSC® C014496

Deutsche Erstausgabe
1. Auflage 2015

Originalausgabe: Disney. Hyperion Books, 2014
Originaltitel: *The Odd Squad – King Karl*

Published by Arrangement with Michael Fry
Dieses Werk wurde vermittelt durch die
Literarische Agentur Thomas Schlück GmbH, 30827 Garbsen.
Aus dem Amerikanischen von Yvonne Hergane
Umschlaggestaltung: Frauke Weise unter Verwendung
einer Illustration von Michael Fry
Satz: Sabine Conrad, Rosbach
Druck und Bindung: GGP Media GmbH, Pößneck
Printed 2015
ISBN 978-3-7915-0709-5

www.dressler-verlag.de

MICHAEL FRY

POW! 3

VOLL AUF DIE ~~MÜTZE~~ KRONE

Aus dem Amerikanischen von Yvonne Hergane

Dressler Verlag · Hamburg

FÜR MOM, DIE NIE GESAGT HAT:
»LASS DIR DIE HAARE SCHNEIDEN UND
LERN EINEN RICHTIGEN BERUF.«

1. KAPITEL

»Das ist doch bescheuert«, hörte ich Molly auf meinem Kopfhörer. »Die müssten Robo-Tintenfische heißen.«

»Das sind Tintenfischboter!«, sagte ich. »So heißen sie nämlich in *NanoNerd* Heft 83: ›Wer zu spät kommt, den bestraft das Beben‹. Also was ist, willst du jetzt spielen oder nicht?«

»Ich will rausfinden, was Karl vorhat, aber der macht gerade ein Nickerchen. Und das hier ist kaum weniger langweilig. Also, ballern wir die Robo-Tintenfische ab?«

NanoNerd – Das Tintenfischmassaker ist ein total simples Online Game. Du musst nur die Tintenfischboter erledigen, bevor sie dich killen. Ich zocke mit einem Haufen Leute überall auf der Welt.

Und mit Molly.

»Hab doch gesagt, das ist ein bescheuertes Spiel«, sagte Molly.

Molly und ich sind Freunde. Oder so ähnlich. Wir sind beide Mitglieder im Wachdienst der Emily Dickinson Middle School. Karl ist das dritte Mitglied. Eigentlich müsste der Wachdienst aber eher Freak-Dienst heißen.

Dr. Daniels, die Schulpsychologin, hat uns gezwungen, dem Wachdienst beizutreten. Angeblich hätten wir nämlich eine »Mitschüler-Allergie« und müssten lernen, uns anzupassen. Anfangs fanden wir den Wachdienst total lahm. Wir hatten ja kaum was anderes zu tun als aufpassen, dass nicht irgendwelche Sechstklässler in den Trinkbrunnen ersaufen.

Aber mit der Zeit wurde es besser. Wir haben ein paar Typen geholfen und waren einige Wochen lang sogar so was wie die Helden der Schule. Inzwischen ist das mit dem Wachdienst ganz cool. Na ja, sooo cool auch wieder nicht. Okay, es ist immer noch total lahm. Aber wir verpassen zumindest jede Menge Unterricht.

Außerdem gibt's oft leckeres Zeug zu essen.

In der Baskenmütze, die Karl trägt, ist eine Babyüberwachungskamera eingebaut, die alle Bilder live auf eine verschlüsselte Website überträgt. Wir sagen Mützen-Cam dazu. Er hat sie mal erfunden, um für den Wachdienst undercover zu recherchieren, aber inzwischen trägt er sie die ganze Zeit. Molly und ich können die Bilder auf meinem Handy angucken. So haben wir erfahren, dass Karl eingeladen wurde, den MLIs beizutreten.

MLI hieß früher Emily (klingt ja auch sehr ähnlich). Emily ist eine erfundene Person, die sich die Schüler der EDMS schon vor langer Zeit ausgedacht haben, um damit alle Merkwürdigkeiten zu erklären, die an der Schule so passieren.

Als wäre es der Geist von Emily Dickinson oder so. Ist es aber nicht.

Emily ist erst Wirklichkeit geworden, als sie zu MLI mutierte, eben dem Namen, mit dem Karls Einladung unterschrieben war. Da haben wir geschnallt, dass MLI Emily war, und dass er oder sie uns immer wieder heimlich unter die Arme gegriffen hatte.

Wie damals, als ich dem Schulfiesling Roy (hat seine aktive Fieslings-Laufbahn inzwischen aufgegeben) geholfen habe, sein Plüschschwein zurückzukriegen – MLI ließ zu dem Zweck eine Pythonschlange namens Willy frei, die alle Besucher der Wissenschaftsausstellung in Angst und Schrecken versetzte.

Die MLIs machten so verrückte Sachen, dass es fast so war, als würden sie über die ganze Schule herrschen. Und jetzt wollten sie also Karl aufnehmen. Also ehrlich – KARL?? Ich will nicht mal drüber nachdenken, was der machen würde, wenn er zu einer Gruppierung gehört, die über die Schule herrscht.

Das ist alles echt seltsam. Aber Molly und ich werden schon rauskriegen, was dahintersteckt. Wie sagt Omami immer? »Ein Walross auf einem Fahrrad kommt einem nur so lange seltsam vor, bis man erfährt, dass sein Lastwagen gerade in der Werkstatt ist.«

»Guck mal, ob Karl schon auf ist«, sagte Molly auf meinem Kopfhörer.

Ich schaltete mein Handy ein.

»Ja, er verpasst Stanley gerade eine Abraham-Lincoln-Verkleidung.«

»Na klar, was sonst«, sagte Molly.

»Paul?«

Ich wirbelte herum – Mom und Omami standen in meiner Tür. »Muss Schluss machen«, raunte ich Molly zu.

»Er leiert sie total aus«, sagte Omami. »Dabei haben wir sie ihm gerade erst gekauft!«

»Das liegt bestimmt an den ganzen Comics und Videospielen«, fuhr Omami fort. »Er hält sich für NanoRotz oder so.«

»NanoNerd!«, sagte ich. »Und sein Anzug heißt NanoBOT!«

»NanoRotz kam ohne Kieferhöhlen auf die Welt«, sagte Omami.

»Paul! Schrei deine Großmutter nicht an!«, sagte Mom.

Omami wandte sich zu ihr. »Wenn du mich fragst – dem Jungen tut das Arsen nicht gut.«

Mom blinzelte. »Arsen?«

»Du weißt schon, das Zeug in diesen NanoPlopps, die er ständig isst.«

»NanoPops«, sagte ich.

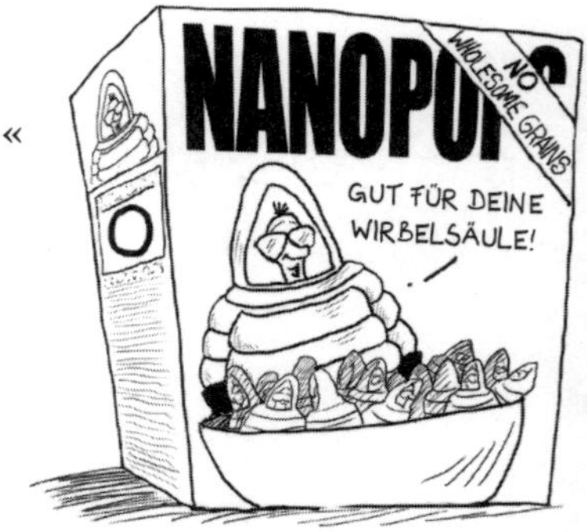

»Ach, du meinst *Gluten!*«, sagte Mom.

»Ja, das auch«, sagte Omami.

Erstens esse ich höchstens zweieinhalb Packungen NanoPops in der Woche und zweitens hab ich keine Gluten-Unverträglichkeit. Ich bin nicht Oscar Hernandez (geht auch auf meine Schule), der nur drei Sachen essen darf.

Der Glückliche.

»Paul, alles ok bei dir?«, fragte Mom.

»Alles bestens!«

»Er kommt wohl in … das Alter.«

»Welches Alter?«, fragte Mom.

»Das Zu-alt-um-mit-seiner-Großmutter-Unterhosen-kaufen-zu-gehen-Alter.«

»Mom, er wird einfach groß«, sagte meine Mutter. »Also, mein Schatz. Meinetwegen kannst du so viel

NanoNerz spielen, wie du willst, aber ich finde, deine Unterwäsche braucht mal eine Pause.«

Ich schälte mir die Unterhose vom Kopf. »Ok.«

»Und wenn du reden willst«, sagte Mom, »ich bin immer für dich da, vergiss das nie.«

»Ok«, sagte ich.

»Hab dich lieb«, sagte Mom.

2. KAPITEL

Am nächsten Tag trafen Molly und ich uns vor dem Unterricht auf dem Schulflur und beobachteten Karl aus der Ferne.

»Ich würde gern wissen, wo Karl diesen winzigen Abraham-Lincoln-Hut aufgetrieben hat«, sagte ich.

»Hey, wir reden hier von Karl«, gab Molly zurück.

Molly schüttelte den Kopf. »Ich fasse es nicht, dass die MLIs Karl haben wollen, uns aber nicht.«

»Oder zumindest mich«, sagte ich. »Schließlich hab *ich* an Emily geglaubt, als das noch niemand getan hat.«

Molly starrte mich an. »Das hier ist kein Wettbewerb, klar?«

»Absolut. Sie wollen immerhin *Karl*!«

Molly seufzte. »Na ja, über kurz oder lang wird Karl uns dann zu den MLIs führen.«

»Na, ich weiß nicht … Wir folgen ihm jetzt doch schon seit zwei Wochen auf Schritt und Tritt. Er macht nichts anderes als aufs Klo gehen …

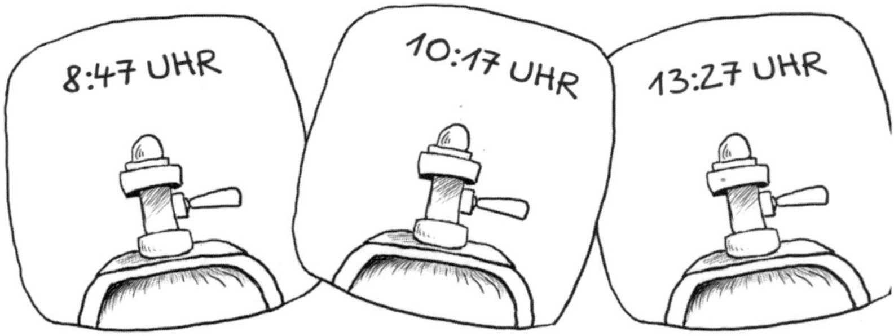

… oder seinen Urzeitkrebsen was vorlesen …

… oder Stanley Lincolns Gettysburg-Rede beibringen …

… oder an seiner Stanley-betriebenen Zahnbürste arbeiten, die er auf der jährlichen Schulseum-Ausstellung zeigen will (wo die Klassenräume in Minimuseen verwandelt werden).

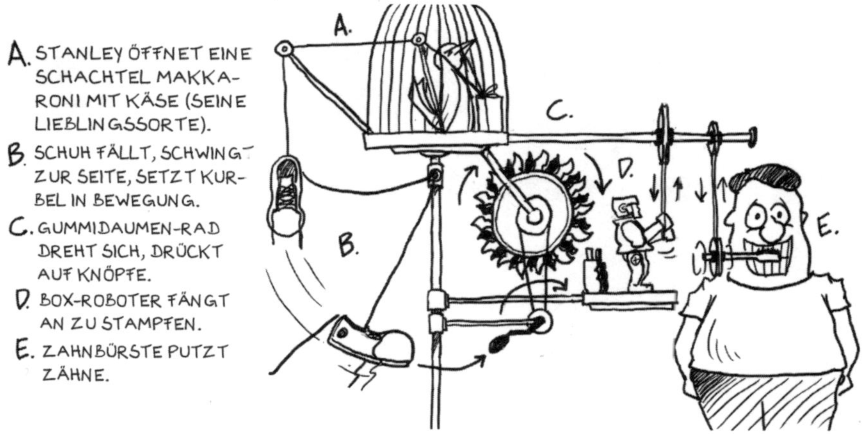

»Check mal die Mützen-Cam, bevor es gleich klingelt«, sagte Molly.

Ich holte mein Handy heraus, da …

Mr. Wickler, mein Mathe-Lehrer. »Du kennst doch die Regeln«, sagte er. »Mobiltelefone dürfen während der Unterrichtszeit nicht benutzt werden.«

»Aber der Unterricht hat doch noch gar nicht …«

3. KAPITEL

Ich bin ein Mathe-Ninja. Irgendwo ein Problem? Zack! Bin ich schon da …

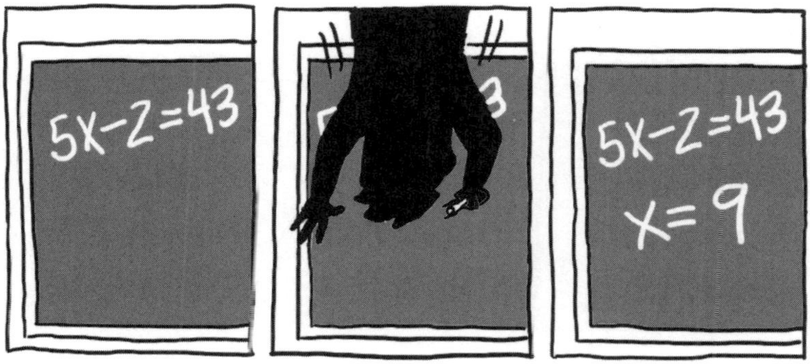

… mit der Lösung.

Früher war ich in Mathe nicht besonders gut, aber eines Tages machte es irgendwie klick in meinem Kopf, und auf einmal wusste ich alle Lösungen – nur *ohne* den Lösungsweg hinzuschreiben. Nicht weil ich meine Rechenwege verstecken wollte, sondern weil es bei mir einfach keine gab.

Echt merkwürdig, aber ich kenne wirklich immer die richtige Antwort. Und irgendwie habe ich auch die Gabe, meine Mitschüler auf die richtige Antwort zu bringen. Das war bisher immer cool, für alle. Das heißt, nur für Mr. Wickler nicht, den übelsten Lehrer der Schule.

Wir haben an der Emily Dickinson Middle School nur ein paar wenige richtig üble Lehrer.

Aber Mr. Wickler ist der Schlimmste überhaupt.

»X = 2«, sagte ich, ohne aufzustehen.

Mr. Wickler schüttelte den Kopf. »Das ist nicht die vollständige Antwort, Mr. Ramsey.«

»Es ist die einzige Antwort, die möglich ist«, sagte ich.

Aber die richtige Antwort reicht ihm nie. Er zwingt mich immer, an die Tafel zu kommen und den Lösungsweg aufzumalen, den eigentlich kein Mensch braucht.

»Wieder einmal weigert sich Mr. Ramsey, uns an seinen Überlegungen teilhaben zu lassen«, sagte Mr. Wickler. »Wie ich ihn aber schon öfter informiert habe, geht es in der Mathematik nicht um das Ziel, sondern um den …

Für mich ist das = 0 Sinn. Warum sollte man eine siebzehntausend Lichtjahre lange Reise von der Erde zu Oomzotz VII in Kauf nehmen, wenn man auch die Abkürzung über ein Wurmloch benutzen kann?

»Ok, ich zeige Ihnen, wie ich das gerechnet habe«, sagte ich, stand auf und schlurfte zur Tafel.

»Mr. Ramsey möchte also gegen den Strom schwimmen!«, sagte Mr. Wickler. »Wofür er natürlich den gerechten Lohn erhalten soll!«

Mr. Wickler stellte mir einen Passierschein zu Dr. Daniels' Büro aus und drückte ihn mir in die Hand.

4. KAPITEL

Ich habe den WEG zu Dr. Daniels' Büro schon ziemlich oft zurückgelegt. Es ist ein langer Weg. Und jedes Mal, wenn ich ihn gehe, mache ich ihn noch ein Stück länger.

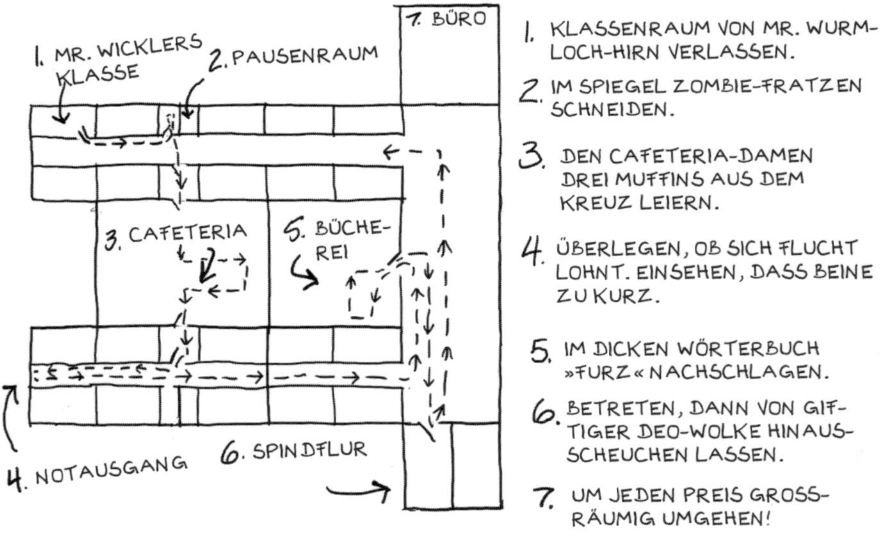

Während ich noch nach weiteren Ausweich- und Rumlungermöglichkeiten suchte, bog ich um eine Ecke – und lief Mr. Dupree in die Arme.

Er lächelte. »Ziel erreicht?«, sagte er.

Mr. Dupree ist der Schulhausmeister, Betreuer des Wachdienstes und allgemein ein extrem merkwürdiger Althippie-Typ.

»Woher wissen Sie …?«, begann ich.

Mr. Dupree schmeißt ständig mit Zitaten von diesem Shakespeare um sich, der vor ungefähr einer Million Jahren gelebt und so was wie Englisch gesprochen hat, aber irgendwie auch wieder nicht. Meistens sind die Zitate dazu gedacht, alle zu verwirren und zu nerven.

»Ist ja auch egal«, sagte ich.

»Mr. Wickler?«

Ich zuckte mit den Schultern.

»Willst ihm immer noch nicht deine Lösungswege zeigen?«

Ich zuckte wieder.

»Solange du das richtige Ergebnis hast, spielt das doch keine Rolle, oder?«

»Das dachte ich eben auch!«, sagte ich.

»Paul, du und ich sind uns in vielem ähnlich.«

Stööööhn. Ich wusste schon genau, was jetzt kommen würde.

»Hab ich dir schon mal erzählt, wie ich als Achterbahn-Testfahrer gearbeitet habe?«, fragte Mr. Dupree.

Doppelstööööhn.

»Ich musste alle großen Achterbahnen testen …«, fuhr er fort.

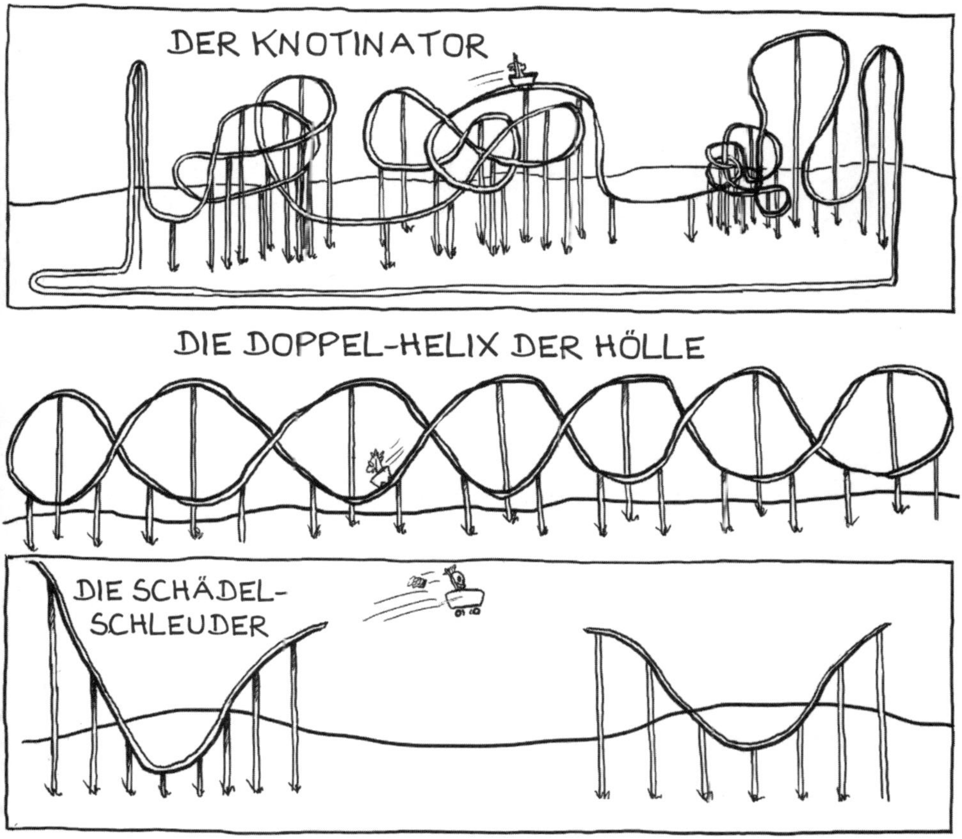

»Eines Tages war ich gerade dabei, den neuen Magen-Monster-Mörder im Land der Schreckensschreie zu testen. Das war damals mit Abstand die größte und schnellste Achterbahn von allen.«

»Meine erste Fahrt verlief zunächst reibungslos – bis …«

»Das Wasserbecken einer Achterbahn sollte zwar groß, aber nicht zu groß sein – die Leute sollen ja nur nass gespritzt werden, nicht ertränkt. Also sagte ich zu dem Techniker, dass er den Anlaufwinkel zum Wasserbecken flacher machen müsste.«

»Aber er fand: im Gegenteil, das Ganze müsste sogar noch steiler werden. Er zeigte mir seine Aufzeichnungen. Als ich trotzdem auf meiner Meinung beharrte, sagte er: ›Wenn Sie sich Ihrer Sache so sicher sind, dann zeigen Sie mir doch Ihre Berechnungen!‹«

»Aber das konnte ich nicht. Ich war ja kein Techniker. Ich hatte nur meine Erfahrung.«

»Und dann machte er den Anlauf – gegen meinen Rat – noch steiler. ›Wollen Sie sehen, dass es funktioniert? Wollen Sie sehen, wie ich es berechnet habe?‹«

»Und dann stieg er selber in die Gondel und testete

die Achterbahn. Und wir alle konnten sein … Ergebnis sehen.«

Wie all seine Geschichten ergab auch diese hier irgendwie null Sinn. Ich war schon dabei, mein Boah-wie-lahm-Gesicht aufzusetzen, da kam Dr. Daniels um die Ecke.

Sie sah den Passierschein in meiner Hand.

»Nicht schon wieder, Paul«, sagte sie.

Ja, genau das sagte sie. Aber im Klartext meinte sie:

Ich zuckte mit den Schultern.

Sie schrie nicht. Aber ich sah ihr an, dass sie es echt gern getan hätte.

Stattdessen seufzte sie nur und sagte: »Komm mit.«

»Bis heute Abend dann, Paul«, sagte Mr. Dupree. »Ich hole Maxine zu unserer Tango-Stunde ab.«

Dreifachstöööhn.

Mr. Dupree und Omami sind ein Pärchen. Ist das nicht widerlich?

Und seltsam. Und eine MEGA-Rücksichtslosigkeit meinen Bedürfnissen gegenüber.

»Paul! Ich warte auf dich«, flüsterbrüllte Dr. Daniels.

PAULS BEDÜRFNISSE

1. NICHTS WIDERLICHES ERLEBEN MÜSSEN.
2. NICHTS SELTSAMES ERLEBEN MÜSSEN.
3. NICHTS PEINLICHES ERLEBEN MÜSSEN.
4. DONUTS. WANN, WO UND IN WELCHER ANZAHL ICH SIE HABEN WILL.

»Wo hab ich eigentlich meine Doris gelassen?«, sagte Mr. Dupree.

Auf wie viele Arten kann mein Leben eigentlich schiefgehen?, fragte ich mich, während ich hinter Dr. Daniels herrannte.

5. KAPITEL

Das Gute an den Zwangsbesuchen in Dr. Daniels' Büro ist, dass sie immer irgendwelche neuen Therapiepuppen oder lahme Infobroschüren dahat, mit denen man sich amüsieren kann.

Das Schlechte an den Zwangsbesuchen in Dr. Daniels' Büro ist, dass sie ständig was in Ordnung bringen will, was gar nicht kaputt ist.

»Paul, wir haben deine Probleme mit Roy damals doch auch in den Griff bekommen.«

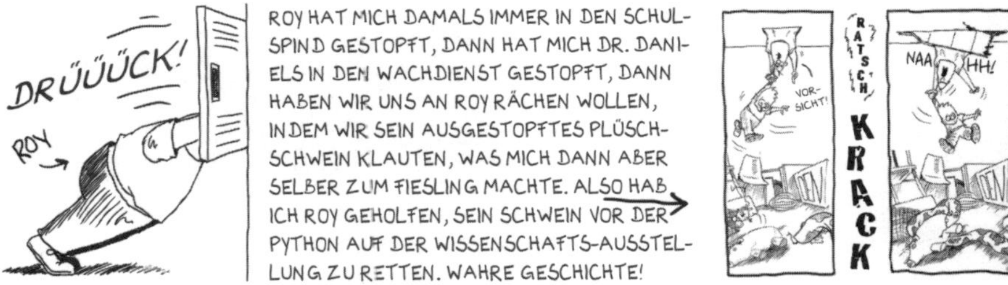

»Dann haben wir die Sache mit deinem Selbst-Schikanieren in den Griff bekommen.«

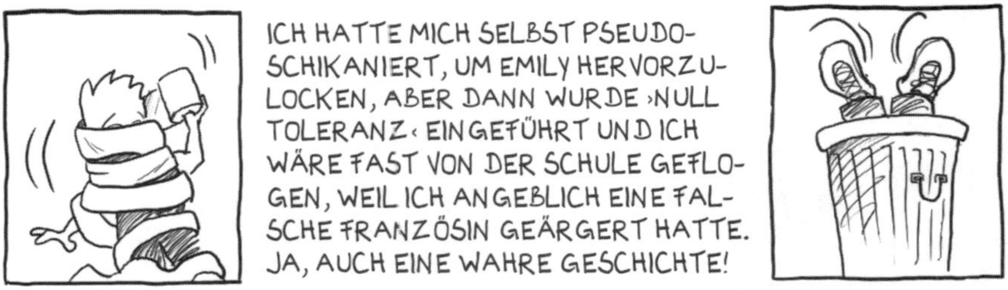

»Und jetzt werden wir auch deinen Problemen mit Mr. Wickler auf den Grund gehen, um sie zu beheben.«

Das Problem mit dem Auf-den-Grund-Gehen ist nur, dass meine Probleme mit Mr. Wickler keinen Grund haben. Oder zumindest keinen, den man in den Griff kriegen könnte.

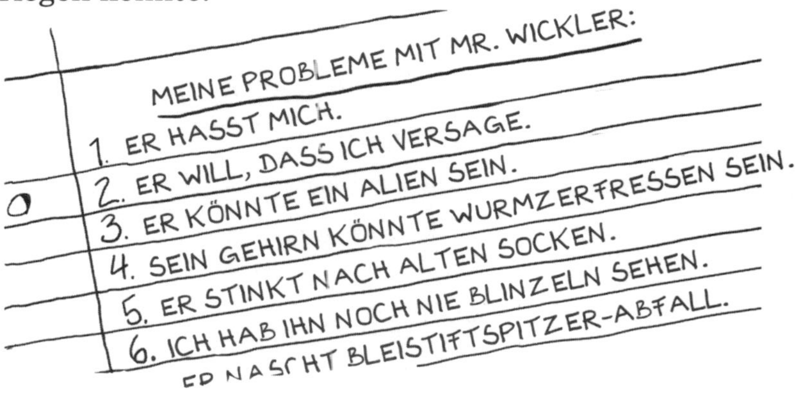

Aber das alles verkniff ich mir. Und sagte stattdessen nur: »Viel Glück.«

»Paul, du bist Klassenbester in Mathe. Du löst die Aufgaben so gut im Kopf, dass du keine Lösungswege brauchst.«

»Und wo ist dann das Problem?«

»Es gibt kein Problem. Nur dass …«

»Nur dass was?«

»Nur dass man im ABST die Lösungswege angeben *muss*.«

Vierfachstöööhn! ABST ist die Abkürzung für Allgemeiner Basis-Schüler-Test. Meiner Meinung nach trifft Absolut-Bescheuertster-Schüler-Test es aber viel besser. In den letzten acht Wochen vor dem Test hört das Universum quasi auf zu existieren, weil alle Lehrer nur noch ABST-Stoff unterrichten. Nix mehr mit coolen Klassendiskussionen oder explosiven Experimenten im Chemielabor. Nein, da gibt's nur noch büffeln, büffeln, büffeln, und zwar Testaufgaben wie die hier:

> 1. 8. Wenn Judy 1,75 Dollar hat
> und ein Apfel 25 Cent kostet,
> wie viele Äpfel kann sie kaufen?

Wen juckt's? Wen interessiert so'n OBST?

»Paul, wir brauchen im ABST ein super Ergebnis von dir, damit wir eine herausragende Bewertung als Musterschule bekommen. Du weißt, warum wir diese herausragende Bewertung brauchen?«

Ich zuckte mit den Schultern.

»Weil wir dann mehr Mittel für die Schule zugeteilt kriegen – und ein Konzert hier in unserer Cafeteria, und zwar von niemand Geringerem als …

Boy Toyz ist so eine lahme Boyband. Nicht mein Ding. Genau wie Brobot Rebellion oder DudeFarm.

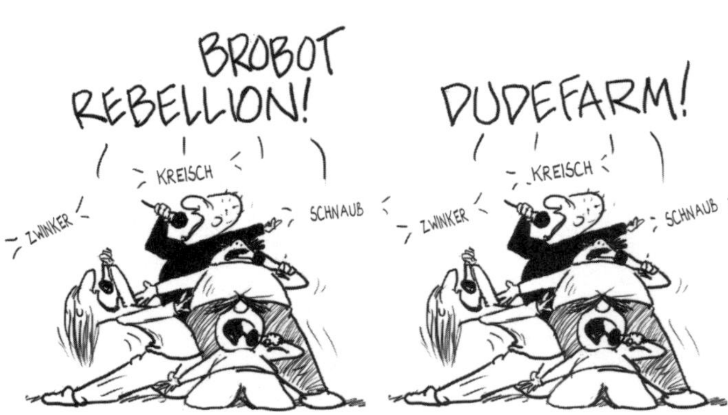

»Letztes Jahr haben uns nur fünf Punkte gefehlt. Aber wenn ein paar Schüler wie du ihre volle Leistung erbringen würden, könnten eure guten Ergebnisse diesmal den Ausschlag geben.«

Na entzückend. Wenn sich rumspricht, dass ich nicht alles gebe, um dieses Boy-Toyz-Konzert möglich zu machen, wird mich jedes Mädchen an der Schule bis in alle Ewigkeit hassen. Selbst Becky, die in einem Parallel-Universum meine feste Freundin ist und in diesem Universum eine normale Freundin, würde mich dann mit ihrem tödlichen Hassblick in ein Häuflein Staub verwandeln.

Den tödlichen Hassblick haben alle Mädchen drauf.

Dr. Daniels versuchte sich an einer Möchtegern-aufmunternden-(aber in Wirklichkeit gruseligen)-

Cheerleader-Imitation. »Du kannst es schaffen, Paul! Das weiß ich! Du musst nur deine Gedankengänge zu Papier bringen, das ist alles.«

6. KAPITEL

Die Schulglocke läutete, als ich Dr. Daniels' Büro verließ. Während Schülermassen auf die Flure herausströmten, lehnte ich mich gegen die Wand und starrte auf meine Schuhe runter. Wie soll ich meine Gedankengänge aufzeigen, wenn ich gar keine habe?

Ich brauchte Hilfe.

Auf gar keinen Fall.

»Karl hat 'ne SMS gekriegt.«

Ich sah hoch. Molly stand vor mir, ein breites Lächeln im Gesicht.

»Von den MLIs?«, fragte ich. »Moment mal … Wie kannst *du* Karls SMSen lesen? Die Mützen-Cam überträgt nur auf mein Handy, und das hat Mr. Wickler mir heute weggenommen.«

»Karl sitzt in Englisch direkt vor mir. Er war gerade vorne und hat seine Buchbesprechung vorgetragen, als sein Handy summte.«

»Und woher weißt du, dass die SMS von den MLIs ist?«

»Wer sollte ihm denn sonst smsen? Außer von uns und seiner Mom kriegt er doch nie Nachrichten, und die würde ihn nie in den Rocket Park gehen lassen.«

Der Rocket Park ist so ein alter Park in Schulnähe, dessen Spielplatz seit ungefähr tausend Jahren nicht mehr renoviert wurde, weil der Stadt das Geld dafür fehlt.

Die Schaukeln hängen so hoch, dass man zum Abspringen einen Fallschirm braucht.

Mit der superlangen Wippe kann man sich bestimmt in die Erdumlaufbahn katapultieren lassen.

Aber das Beste ist das hohe Raketen-Klettergerüst mit Rutsche, an dem überall rostige Schrauben und scharfe Kanten lauern. Voll gefährlich.

Und voll der Hammer.

Nur eine Sache ist da nicht so der Hammer.

»Was ist mit Arnold?«, fragte ich.

Molly starrte mich an. »Machst du Witze?«

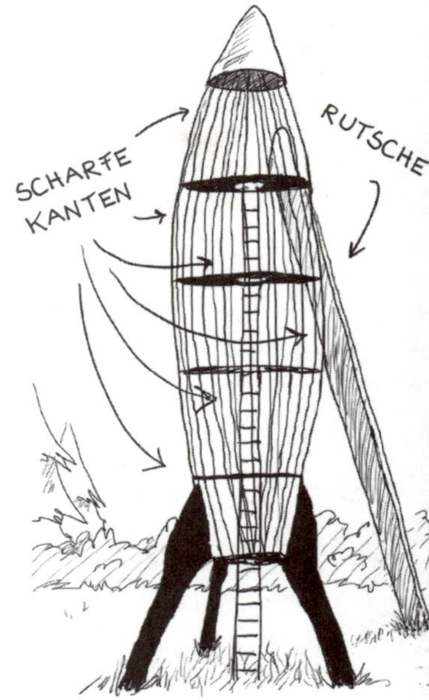

Einer Schullegende zufolge wird dieser Spielplatz (= Minenfeld) von der gruseligsten, furchteinflößendsten, gemeingefährlichsten Kreatur der Welt bewacht.

Hector Morales war der Einzige, der Arnold je zu Gesicht bekommen hatte. Und zwar als er einmal aus der Rattenhöhle kam, die neben dem Park liegt.

Die Rattenhöhle ist in Wirklichkeit ein Abwasserkanal. Wir sagen Rattenhöhle, weil es einfach besser klingt als Ratten-Abwasserkanal.

Noch nie ist jemand in die Rattenhöhle reingegangen. Und lebend wieder rausgekommen. Und zwar hauptsächlich, weil noch nie jemand in die Rattenhöhle reingegangen ist. Und zwar hauptsächlich, weil … Hallo!?! Die ist rattenverseucht!

»Du kommst doch mit, oder?«, fragte Molly.

Ich holte tief Luft. »Denke schon.«

Ja, ich werde mitgehen. Vielleicht hat Hector ja bloß übertrieben. Allerdings … bis auf das eine Mal, wo er behauptete, sein Bruder wäre sein Klon, und das andere Mal, wo er behauptete, Katzenspucke wäre gut gegen Warzen, ist Hector absolut 100 %ig glaubwürdig.

7. KAPITEL

Nach Unterrichtsschluss holte ich mir von Mr. Wickler mein Smartphone zurück – und eine Steinzeit-Standpauke gleich dazu.

Spinner.

Danach machte ich mich schnurstracks auf den Weg zum Rocket Park, wo ich mich mit Molly verabredet hatte. Molly war da. Karl aber nicht. Nur ein kleiner Junge und seine Mutter, die ihn auf der Schaukel anschubste.

Wir versteckten uns im Gebüsch und warteten.

»Kannst du irgendwo Arnold sehen?«, fragte ich.

Molly schüttelte den Kopf. »Es gibt keinen Arnold.«

»Ach ja? Du hast auch schon mal behauptet, es gäbe keine Emily. Du hast doch keine Ahnung.«

Molly starrte mich an. »Aber du, oder was?«

»Ja, ich weiß 'ne Menge. Ich weiß, dass du nervst und ich eigentlich null Lust hab, hier zu sein, und dass Mom mich umbringt, wenn ich mich an so einer scharfen Kante aufschramme.«

»Vielleicht kriegt Arnold dich ja vorher zu fassen«, sagte Molly.

»Halt die Klappe.«

»Halt du die Klappe.«

»Was ist das denn?«, fragte Molly.

»Karl«, sagte ich. »In Knallfolie eingewickelt?«

Karl hielt auf die Raketenrutsche zu. Aber auf halbem Weg fiel sein Blick auf die Mutter mit ihrem kleinen Sohn.

»Sie haben nicht zufällig einen kinderfressenden Wer-Pudel hier gesehen, oder?«, fragte Karl.

Die Mutter schüttelte den Kopf.

»Gut.« Karl lächelte den kleinen Jungen an. »Nächstes Mal wickelst du dich lieber in Knallfolie ein.«

Dann verschwand er im Raketen-Klettergerüst.

»Schau mal nach der Mützen-Cam«, sagte Molly.

Aber die Mützen-Cam war schwarz. »Wegen der Folie kann man nichts sehen«, sagte ich.

Molly begann auf Zehenspitzen Richtung Rakete zu schleichen. »Bestimmt warten die MLIs ganz oben in der Spitze«, sagte sie. »Na los.«

Und ich wollte ihr tatsächlich folgen, aber dann fiel mir Arnold wieder ein, und …

Molly verdrehte die Augen, schob sich den Rucksack von der Schulter und reichte ihn mir.

»Was soll ich damit?«, fragte ich.

»Dir vor die Brust schnallen.«

Ja, ich sah echt bescheuert aus. Aber das war mir der Schutzpanzer vor scharfen Kanten und nachfolgenden mütterlichen Mordversuchen absolut wert.

Während wir zur Rakete schlichen, fing ich die

starren Blicke von dem Jungen und seiner Mutter auf. Ich deutete auf das Klettergerüst. »Er hat recht. Nächstes Mal – Knallfolienschutzwickel.«

Je näher wir der Rakete kamen, desto finsterer und gruseliger kam sie uns vor, und ich schwöre, sie roch echt nach drei Monate alten Fischstäbchen.

Im Inneren gab es drei stufenweise angeordnete Plattformen, die durch eine Sprossenleiter verbunden waren.

»Ich geh vor«, flüsterte Molly.

»Nein, ich«, raunte ich zurück. »Du bist schon als Erste aus dem Gebüsch raus.«

»Na und?«

»Man kann nicht zweimal als Erster gehen!«

»Meinetwegen, dann geh du zuerst.«

Na super. Ich wollte ja eigentlich gar nicht als Erster da hoch, aber wenn Molly zweimal vorging, wäre das so gewesen, als wäre sie die alleinige Bestimmerin, dabei waren wir doch beide die Bestimmer, selbst wenn sie immer wieder so tat, als gäbe es nur einen Bestimmer, nämlich sie.

Also machte ich mich an den Leiter-Aufstieg. Als ich den Kopf zur ersten Plattform hochreckte, blieb der Rucksack vorne hängen.

Ich zog. Nichts. Ich zerrte. Nichts.

»Autsch!«, zischte ich, als die Riemen sich in meine Schultern fraßen.

»Scharfe Kante?«, raunte Molly.

»Sei still, alles gut.«

Ich zerrte noch mal. Die Riemen drückten mir noch tiefer ins Fleisch, und dann …

RRRRRRATSCHHHHH!

Molly verdrehte die Augen. »Ich wusste, ich geh' besser zuerst.«

»Jetzt halt die Klappe und hilf mir.«

Als Molly nach oben griff, um den Rucksack zurechtzurücken, hörten wir, wie Karl oben in der Spitze sagte: »Du hast auf mich gewartet! Ach, wusste ich doch, dass du warten würdest. Alles ok mit dir? Siehst zumindest ok aus. Was, ich? Ja, mir geht's gut.«

Ich schaute Molly an. »Mit wem redet er?«

»Emily?«, flüsterte Molly.

»Hier gefällt's dir, was?«, fuhr Karl fort. »Das ist

dein Lieblingsplatz. Mir gefällt's hier auch. Na ja, nur die scharfen Kanten und der Killerpudel sind nicht so …«

Molly machte sich an den Aufstieg zur dritten Plattform, als plötzlich …

Das klang echt merkwürdig, und Karl war schon ohne die Zusatzportion MLIs-Merkwürdigkeit merkwürdig genug. Wir legten einen Zahn zu.

»Ich bin bereit«, sagte Karl. »Sag mir einfach, was ich tun soll.«

»Karl! Nicht!«, schrie ich und hetzte hinter Molly die Leiter hoch.

Und da wurde mein schlimmster Alptraum Wirklichkeit.

Was jetzt folgte, lief vor einer Geräuschkulisse mit viel Geschrei und Geploppe ab.

Dann gab es noch mehr Geploppe, dann Gerutsche, dann einen krönenden Abschluss mit viel zu viel ungewolltem Gruppenkuscheln.

Nachdem wir uns auseinander geknotet hatten und ein paar Schritte zurückgewichen waren, wandte sich Molly an Karl: »Du hast mit *Stanley* gesprochen?«

»Er ist von zu Hause weggeflogen«, erklärte Karl. »Er will immer zur Rakete. Ich glaub', er findet es toll, sich auf die Spitze zu setzen und Weltall-Wellensittich zu spielen. Aber was macht ihr eigentlich hier?«

Molly und ich wechselten einen Blick.

»Ähm … also … wir … wir kommen ständig hierher«, stammelte ich.

»Ja, ständig«, sagte Molly.

»Das … das macht irgendwie Spaß«, sagte ich.

Karl lächelte. »Ich weiß, was hier läuft! Ihr habt was miteinander!«

Ich schaute Molly an. Molly schaute mich an.

»Nein!«, schrien wir.

»Ja, das passt alles zusammen. Ihr hängt ständig gemeinsam ab. Ihr tut so, als könntet ihr euch nicht leiden.« Karl zeigte auf Mollys Rucksack. »Und du trägst ihr sogar die Tasche.«

Ich ließ das Ding fallen, als stünde es in Flammen.

Molly starrte mich an. »Ey!«

Arnold begann meine Hand zu lecken. Ich schob ihn weg. Er sah aus, als hätte ich seine Gefühle verletzt. Ich gab auf. Er schleckte weiter.

Okay, wir haben vielleicht nicht rausgefunden, wer die MLIs sind, aber ich habe heute eine sehr wichtige Lektion gelernt:

8. KAPITEL

Nach der Park-Nummer kam Molly mit zu mir, damit wir zusammen überlegen konnten, wie wir jetzt weiter vorgehen sollten.

»Also«, fasste sie zusammen. »Was wissen wir bisher über die MLIs?«

»Sie sind supergeheim und superschlau. Er oder sie, einer oder mehrere, kennt oder kennen sich in der Schule sehr gut aus. Keine Ahnung … Es ist, als wären sie … unsichtbar.«

»Es muss also jemand aus der Schule sein.«

»Aber wer? Dreihundert Schüler, dazu die ganzen Lehrer und das Personal … Wir können sie doch nicht alle rund um die Uhr observieren.«

»Aber wir können sie alle an ein und demselben Ort observieren«, sagte Molly.

»Und zwar?«

»Wir schauen im Jahrbuch nach! Wir gehen jeden Einzelnen durch und sortieren einen nach dem anderen aus. Bei irgendjemandem muss uns doch was auffallen!«

Also machten wir uns an die Arbeit.

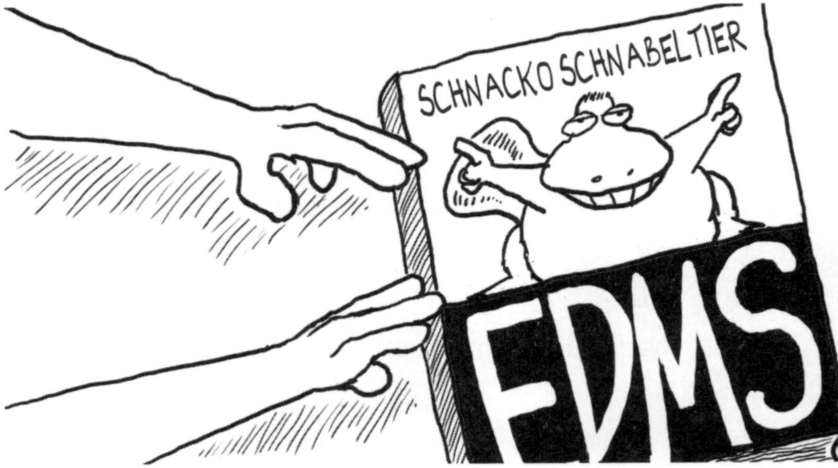

Wir kontrollierten sie alle.

Wir überprüften jeden. Diejenigen, die überhaupt nicht infrage kamen, strichen wir als Erste weg.

Dann flogen die Lehrer und das ganze Personal raus, einschließlich Dr. Daniels und Mr. Dupree.

Am Ende waren wir genauso schlau wie vorher. Doch bevor wir überlegen konnten, was wir jetzt tun sollten, drang von unten Musik zu uns.

»Was ist das denn?«, fragte Molly.

Ich verdrehte die Augen. »Willst du nicht wissen.«

Aber bevor ich sie aufhalten konnte, lief Molly auf den Flur und spitzelte nach unten.

»Ich glaube, ich gehe jetzt besser«, sagte Molly.

»Ich schaff dir einen freien Fluchtweg«, sagte ich.

Nachdem Molly weg war, stand ich noch eine Weile so da und grübelte, warum mich Erwachsene eigentlich ständig in peinliche Situationen bringen mussten. Mach ich irgendwas falsch? Sage ich irgendwas

Verkehrtes? Sende ich irgendein telepathisches Bitte-blamier-mich-Signal aus?

9. KAPITEL

Ich wollte mich gerade wieder in mein Zimmer flüchten, da wirbelte Mr. Dupree Omami direkt vor meine Füße.

»Paul! Du kommst gerade rechtzeitig, um unser großes Finale zu sehen!«, sagte Omami.

»Ich kann's kaum erwarten«, log ich.

»Deine Großmutter ist eine hervorragende Tänzerin«, sagte Mr. Dupree.

»Sie führen aber auch himmlisch!«, zwitscherte Omami keuchend.

Es reichte ihnen also nicht, mich nur einfach zu blamieren, es musste eine Blamage bis auf die Knochen sein.

»Sie tun einfach alles, was ich tue, nur seitenverkehrt und in orthopädischen Schuhen!«, sagte Mr. Dupree.

Wie jeder weiß, besteht die beste Methode, größte Blamagen abzuwenden, darin …

»Bereit?«, sagte Omami. »Eins … zwei … Tango-Schwung!«

»Stopp! Noch nicht!«, schrie Mr. Dupree.

Kennt ihr das, wenn das Leben sich plötzlich zeitlupenmäßig verlangsamt, weil eure Mutter kreischend zuschaut, wie ihr Hot Dogs in der Spülmaschine kochen wollt?

Was jetzt kam, fühlte sich so ziemlich genauso an.

»Mein Hintern!«, kreischte Omami. »Ich hab mir den Hintern gebrochen!«

Später hat Mom das dann richtig gestellt. Omami hat sich nämlich in Wahrheit das Steißbein gebrochen. Aber »angeknackstes Steißbein« hört sich einfach nicht so hammermäßig an.

Während Omami auf dem Boden jammerte und Mr. Dupree auf der Couch, rief ich den Notarzt. Und dann Mom. Sie kam ungefähr zeitgleich mit den Rettungssanitätern an und verfiel sofort in ihren besten Krankenschwester-Modus.

Klingt ganz ähnlich wie ihr Sohn-Anschrei-Modus.

Am Ende landeten wir alle in der Notaufnahme. Man sollte meinen, das wäre cool, ist es aber nicht, weil meine Mutter hier arbeitet und alle mich ständig anlügen, wie sehr ich doch gewachsen wäre, und mir blöde Fragen stellen, von wegen ob ich eine Freundin hätte und so.

Irgendwann tat ich dann das, was alle Kids tun, wenn sie ihre Ruhe haben wollen – ich versteckte mich in meinem Handy und guckte Karls Mützen-Cam-Stream.

Boah, die treffen sich im Nebenraum Nummer 7? Den benutzt doch nie jemand außer …

Ich schrieb Molly an.

Paul: MLIs wollen Karl morgen nach der Schule treffen

Molly: Wo?

Paul: Nebenraum 7

Molly: Schachclub?

Der Schachclub ist mit Abstand der lahmste Haufen in der Schule. Ja, ich weiß, das hab ich vom Wachdienst auch schon gesagt, aber da hatte ich den Schachclub total vergessen. Was ziemlich leicht passiert, denn irgendwie ist es, als würde jeder, der dem Schachclub beitritt, auf einmal aufhören, das Licht zu reflektieren.

»Paul?«

Mom stand vor mir. »Wieso reibst du dir die Schulter?«

Ich hatte gar nicht gemerkt, dass ich mir die Schulter rieb.

Sie schob mein Shirt beiseite – und da war ein grellblauer Fleck.

»Ach das«, sagte ich. »Ist nur vom Rucksack.«

»Vom Rucksack?«

Ich konnte ihr doch nicht sagen, dass ich im Rocket Park gewesen war. Ich hatte schon genug Ärger am

Hals. »Ja, ich … ich meine … das Ding ist ziemlich schwer …«

»Findest du?«

Oh-oh. Auf geht's zur Mein-Sohn-verwandelt-sich-in-einen-buckligen-Zwerg-weil-er-einen-tonnen-schweren-Ranzen-schleppt-Tirade.

Aber nein! Sie sagte nur: »Wir reden später darüber. Jetzt müssen wir uns erst mal dringend über Omami unterhalten.«

»Omami wird einen Rollstuhl brauchen, und ich muss meinen Arbeitsplan so umstellen, dass ich auf sie aufpassen kann, während du in der Schule bist. Das heißt, du musst nach der Schule direkt nach Hause kommen und Omami übernehmen, damit ich zur Arbeit kann.«

»Aber das geht nicht, weil …«

»Du musst.«

Und da wurden Omami und Mr. Dupree hereingerollt. Schmerzen hatten sie eindeutig nicht mehr.

Ich schon.

10. KAPITEL

»Ein Behinderten-was?«, fragte ich.

»Ein Behindertenäffchen!«, sagte Karl auf dem Weg zum Wachdienst-Treffen.

»Das hast du dir doch bloß ausgedacht«, sagte ich.

»Nein! Die helfen Leuten, die Verletzungen oder Behinderungen haben«, erklärte Karl. »Sie heben ihnen Sachen auf, öffnen Gläser, holen die Fernbedienung … so was alles.«

»Das kann *ich* doch für Omami machen«, sagte ich. »Dafür braucht sie doch kein Äffchen.«

»Aber wenn sie ein Äffchen hätte, müsstest du nicht nach der Schule gleich nach Hause rasen, sondern könntest andere Sachen unternehmen.«

Ich blieb wie angewurzelt stehen. Wusste Karl etwa, dass Molly und ich ihm gefolgt waren? Ich starrte ihn an. »Was denn zum Beispiel?«

»Keine Ahnung. Mit zu mir kommen und mit meinen Urzeitkrebsen Schwarzer Peter spielen. Aber ich warne dich, die schummeln.«

Puh. Karl war einfach nur mal wieder er selbst.

Was mich wieder zu der Frage brachte, warum die MLIs ausgerechnet ihn haben wollten.

»Ich kann deiner Omami ein Behindertenäffchen besorgen«, sagte Karl.

»Was? Wieso?«

»Meine Mom arbeitet ehrenamtlich im Forschungszentrum, wo die Affen trainiert werden.«

»Du machst Witze!«

Karl schaute mich verwirrt an. »Über so was würde ich nie Witze machen.«

»Ich komm drauf zurück«, sagte ich, weil wir gerade am Treffpunkt angekommen waren.

Becky, meine Parallel-Universums-Freundin, und Simone, die frühere Fake-Französin, waren inzwischen auch dem Wachdienst beigetreten. Keine Ahnung wieso. Wahrscheinlich wegen der leckeren Snacks von Karl.

»Wer hat eigentlich die Versammlung einberufen?«, fragte ich.

»Das war ich«, sagte Mr. Dupree hinter uns.

»Und dann hat er Omami fallen lassen und sie hat sich den Hintern gebrochen«, fügte ich hinzu.

»Großmütter haben echt empfindliche Hintern«, sagte Karl. »Die muss man vorsichtig anpacken. Moment … Irgendwie hat sich das komisch angehört …«

»Vergiss meinen Wirbel und ihren Hintern. Doris ist verschwunden!«

»Doris Florbt?«, fragte Karl. »Die hab ich doch gerade auf dem Flur gesehen. Sie schaut mich immer so seltsam an.«

»Sie schielt«, sagte Becky. »Sie guckt jeden seltsam an.«

»Oh, dann liegt es also nicht an mir?«, fragte Karl.

Das verdiente eigentlich keine Antwort.

»Nein, Karl, es liegt nicht an dir!«, sagte Mr. Dupree. »Und es geht hier auch nicht um Doris Florbt. Sondern um Doris die Pömpeline. Sie ist verschwunden.«

»Ein Pömpel?«, echote ich.

Mr. Dupree nickte. »Aber ein ganz spezieller Pömpel. Der allererste Pömpel aller Pömpel, die Nummer 001.«

Auf einmal war Karl nicht mehr der merkwürdigste Mensch im Raum.

»Undenkbar, dass Doris unter meinem Schutz verloren geht«, sagte Mr. Dupree.

»Ähm … aber sie ist doch bloß ein Pömpel«, sagte ich.

»Paul, hast du schon mal etwas ganz Besonderes verloren? Etwas, das dir jemand anvertraut hatte?«

»Ja, die Armbanduhr meines Großvaters.«

»Hast du da auch gesagt: Ist doch bloß eine Armbanduhr?«

»Nein.«

»Und warum nicht?«

»Weil es eine besondere Armbanduhr war.«

»Warum?«

»Weil Omami sie mir gegeben hatte.«

»Weder Armbanduhren noch Pömpel sind an sich besonders kostbar. Menschen sind kostbar. Bo Fleckweg hat mir Doris anvertraut. Wenn ich sie jetzt verliere, wäre es so, als ob ...«

»Als ob Sie Bo Fleckweg verlieren würden?«, sagte ich.

»Genau«, antwortete Mr. Dupree und wandte sich an die anderen. »Ich möchte euch alle bitten, die Augen offen zu halten und mir dabei zu helfen, Doris wiederzufinden.«

Karl riss die Augen auf und starrte Mr. Dupree an.

»Blinzeln darfst du schon, Karl«, sagte der Hausmeister.

Karl blinzelte. »Gut. Weil einmal, bei einem Anstarrwettbewerb gegen Stanley, sind mir meine Augen so ausgetrocknet, dass Mom mir reinspucken musste, sonst hätte ich sie nicht mehr zugekriegt.«

»Iiiiihh!«, stöhnten wir im Chor.

Womit Karl, schwupps, wieder zum Merkwürdigkeits-Meister geworden war.

11. KAPITEL

So gerne wir Mr. Dupree auch geholfen hätten – Molly und ich hatten ein viel größeres Problem zu lösen: Wie sollten wir Karl unbemerkt zu seinem Treffen mit den MLIs folgen?

Also dachte ich mir einen Plan aus. Es war ein großartiger Plan. Viel besser als meine früheren Pläne, die nur wie großartige Pläne ausgesehen hatten. Dieser hier sah nicht nur aus wie ein großartiger Plan, er roch auch danach.

PAULS MIT ERFOLGSGARANTIE! SONST GELD ZURÜCK PLAN

MOLLY UND ICH BLEIBEN PER HANDY IN VERBINDUNG.

Und der Plan ging super auf – bis zu Schritt 1.

Nach den zehn Minuten, die ich brauchte, um die Liste durchzugehen (Ihr den Nacken massieren? Schon wieder??), setzte ich auf dem Herd Wasser für Makkaroni mit Käse auf.

Da klingelte mein Handy. Molly.

»Was ist los?«, fragte ich.

»Ich warte auf Schwache-Blase-Boy.«

»Paul!«, schrie Omami. »Ich verhungere!«

»Komme!«, rief ich und drehte die Herdplatte unter dem Soßentopf auf volle Pulle.

»Warte, er kommt«, zischte Molly.

»Bleib dicht an ihm dran«, sagte ich und sah auf der Mützen-Cam, wie Karl aus der Toilette kam. »Du musst mir alles berichten, was du hörst.«

»Paulie! Ich kann die Fernbedienung nicht finden!«, kreischte Omami.

Hmpf. Ich wusste genau, wo die war. Und zwar da, wo sie immer war …

»Bleib dran, ich bin gleich wieder da«, raunte ich Molly zu.

Ich rannte zu Omami, zeigte ihr die Fernbedienung und hörte mir mit nur geringer Geduld an, dass SIE sich das Ding ganz sicher nicht in die Haare gesteckt hätte. Dann lief ich wieder in die Küche.

»Karl ist weg!«, schrie Molly. »Ich bin ihm nach draußen gefolgt. Er war auf dem Weg zu Nebenraum 7, da hat sich mein Zopf in einem Ast verfangen und in einem Spinnennetz noch dazu.«

Stumme Notiz an mich selbst: Nächstes Mal keinen freakig großgewachsenen Partner einsetzen.

»Als ich meine Haare endlich wieder entwirrt hatte, war er verschwunden und ich konnte ihn nirgends mehr finden«, fuhr Molly fort.

»Er muss in Nummer 7 sein«, sagte ich, »aber auf meinem Handy ist alles dunkel.«

»Ich kann auch nichts sehen«, sagte Molly. »Die Fensterrollos sind runter.«

»Kann man denn wenigstens etwas hören?«

»Bleib kurz dran.«

Und da erschien etwas auf der Mützen-Cam, etwas richtig Merkwürdiges.

»War das eine Emily-Dickinson-Maske?«

Ich wusste nur deswegen, dass sie das sein muss, weil unsere Schule nach ihr benannt ist. Deswegen hängt neben dem Sekretariat ein großes gruseliges Porträt von ihr. Super gruselig – ihre Augen folgen einem überallhin!

Ich hatte keine Ahnung, wer sich hinter der Maske versteckte.

»Paul!«, brüllte Omami. »Ich unterzuckere! Das ist lebensgefährlich!«

Das bezweifelte ich doch stark. »Eine Sekunde!«, rief ich zurück.

»Pssst!«, zischte Molly. »Da redet jemand!«

Ich ließ das Handy fallen und stand wie gelähmt da. Jetzt konnte ich nur noch hoffen, dass mein Gehirn meinem Körper sagte, was er tun sollte.

»Paulie!«, kreischte Omami. »Hier riecht's nach Rauch! Was treibst du da?«

»Nichts!«, brüllte ich und stieß meine Hand in das Meer aus Feuerlöscherschaum, um mein Smartphone rauszufischen.

»Sie nennen ihn …«, drang Mollys Stimme zu mir.

»Wie? Wie?«, schrie ich ins Telefon.

»Sie nennen ihn Eure Fantastität!«

Ich starrte auf mein Handy. Die Mützen-Cam zeigte Karls Spiegelbild in der Fensterscheibe vor dem Klassenzimmer.

»Eure Fantastität?«, wiederholte ich. »Das klingt ja, als wäre er so was wie der …«

In meinem ganzen Leben hatte ich noch kein breiteres Grinsen gesehen.

»Ach du je«, sagte Omami.

»Bin wieder da!«, schrie Mom an der Haustür. »Ich hab mein Handy vergessen. Wo seid ihr denn?«

Omami saß mit ihrem Rollstuhl in der Küchentür. »Wir sind dem Untergang geweiht.«

12. KAPITEL

Ich bekam Hausarrest – in meinem Zimmer. Hätte wirklich schlimmer kommen können.

Wir lenkten uns mit einer Runde Videospielen von der MLIs+Karl-Situation ab. Mit Molly fällt aber nicht mal Videospielen wirklich erholsam aus.

»Neinneinnein!«, brüllte ich in mein Mikro. »Der

einzige Zugang zum Hauptquartier der Tintenfischboter ist durch die Klobelüftung!«

»Moment mal«, sagte Molly in mein Headset. »Wozu brauchen Tintenfischboter eigentlich ein Klo?«

Game over. Mal wieder.

»Ich verstehe den Sinn dieses Spiels echt nicht«, sagte Molly.

»Der Sinn ist, dass man SPASS haben soll!«, schrie ich.

»Paul, was machst du da eigentlich?«, fragte Mom plötzlich hinter mir.

Ich wirbelte herum und versuchte, mir das Headset so beiläufig wie möglich vom Kopf zu schälen. »Nichts«, sagte ich und zuckte mit den Schultern.

Mom schoss ihren hirndurchdringenden Laserblick auf mich ab. »So nicht. Jemand, der gerade fast das Haus abgefackelt hätte, hat das Recht verwirkt, schulterzuckend ›Nichts‹ zu sagen. Und das Recht auf Videospiele sowieso.«

Mist.

»Was ist eigentlich los mit dir? Du legst beinahe das Haus in Schutt und Asche, weil du Nudeln kochst; du bringst Briefe von Dr. Daniels nach Hause, in denen steht, dass du dich weigerst, deine Mathe-Rechenwege aufzuschreiben …«

»Ich bin nur … das war einfach zu … Ach, alles bestens. Ich komm schon zurecht.«

»So wie du mit Omami zurechtgekommen bist?«

»Ich war doch nur kurz abgelenkt, weil …« Da fiel mein Blick auf einen Kofferrucksack, der an der Türschwelle stand. Das Ding kam mir ziemlich bekannt vor. »Willst du verreisen?«

»Nein, das ist dein neuer Rollkoffer. Keine blauen Flecken auf den Schultern mehr.«

Ich wusste doch, dass ich so ein Teil schon mal irgendwo gesehen hatte!

»Nein!«, schrie ich. »Karl hat auch so ein Ding! Damit kann ich mich unmöglich blicken lassen …«

»Ich werde dir jetzt mal ein Geheimnis verraten, Freundchen …«

»Jetzt müssen wir jemanden einstellen, der sich um Omami kümmert, dabei können wir uns das eigentlich gar nicht leisten.«

»Mach dir meinetwegen keine Sorgen!«, schrie Omami von unten hoch. »Ich kann mich auch von den Pizzakrümeln aus den Sesselritzen ernähren!«

Mom rieb sich die Stirn. »Ich habe keine Ahnung, wo wir so kurzfristig eine Hilfe auftreiben sollen.«

Da traf es mich wie ein Blitz. Hilfe? Hey, das ist es!

»Ein Behindertenäffchen!«, rief ich.

Mom legte mir eine Hand an die Stirn. »Hast du etwa Fieber?«

»Nein. Karls Mom arbeitet bei so einer Organisation, die Affen dazu ausbildet, Leuten mit Handicap zu helfen. Und das kostet gar nichts!« Ich griff nach meinem Smartphone. »Ich glaube, das heißt Affenforschungszentrum. Hier, die Website.«

Mom zog die Hand zurück, als hätte sie sich verbrannt. »Nie im Leben werde ich …«

»Ich mag Affen!«, schrie Omami von unten.

»Du hast aber kein Mitspracherecht!«, schrie Mom zurück.

»Hey, ICH bin die mit dem gebrochenen Hintern!«, brüllte Omami. »Und wenn der Affe meine Überlebenschancen steigert, dann will ich den haben!«

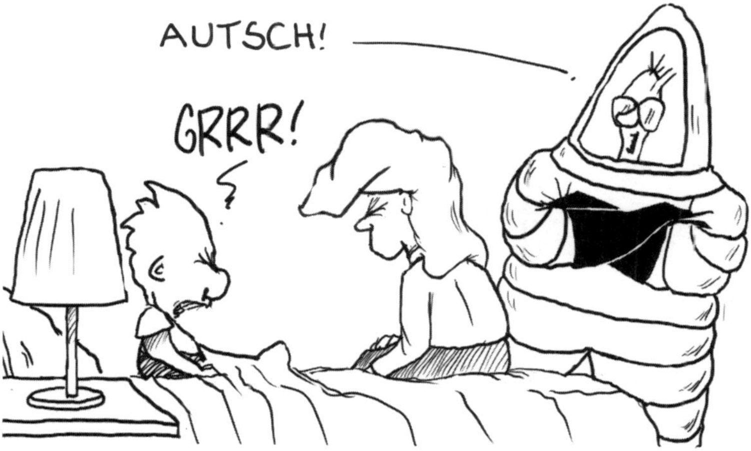

Ich zeigte auf mein Handy. »Kann doch nicht schaden, sich das wenigstens mal anzugucken, oder?«

Mom sah mich an, dann sah sie zur Tür, dann wieder zu mir. »Und du sagst, es ist gratis?«

»Gratis ist das Lieblingswort deiner Mutter!«, kreischte Omami. »Sie würde mir sogar einen Behindertenzombie besorgen, wenn der gratis den Fußboden wischt und das Klo sauber macht!«

»Sei still! Kein Affe, basta!« rief Mom.

»Werden wir ja noch sehen!«, keifte Omami.

BZZZZZ BZZZZZZ BZZZZZ

SMS von Molly.

Molly: Bist du noch da? Karl-Check?

»Gib mir das Ding«, sagte Mom. »Zwei Wochen Handy-Verbot. Vielleicht rückt das deine Wahrnehmung dafür gerade, was im Leben wirklich wichtig ist.«

»Aber …«

Mom kniff die Augen zusammen. Ich gab ihr mein Telefon.

»Stimmt was mit Karl nicht?«, fragte Mom.

Außer, dass er von irgendwelchen unheimlichen, maskierten Typen irgendwohin bestellt und zum König gekrönt wurde?

»Nein«, sagte ich. »Karl geht's gut.«

13. KAPITEL

Am nächsten Morgen trafen Molly und ich uns vor dem Unterricht an den Schließfächern.

Sie zeigte auf meinen neuen Rucksack. »Der sieht ja genauso aus wie der von …«

»Ich will nicht darüber reden«, fiel ich ihr ins Wort. »Was machen wir jetzt in Sachen Karl?«

»Was können wir schon machen? Wenn er anfängt, alles zu ver-Karl-ifizieren, wird ihn die ganze Schule hassen.«

»Wir müssen ihn vor sich selbst retten.«

»Wen wollt ihr retten?«, fragten Becky und Simone, die gerade um die Ecke kamen.

Simone schaute meinen Rollrucksack an. »Cooles Teil, voll retro. Genau wie der von Karl.«

Ich fletschte die Zähne.

»Ihr wollt also Karl retten?«, fragte Becky. »Der hat mich gerade im Flur aufgehalten und gefragt, wie ich das fände, wenn es in der Cafeteria nur noch veganes Essen gäbe.«

Molly und ich wechselten einen Blick und nickten. Dann erzählten wir den beiden die ganze Geschichte.

»Das gibt einen Aufstand!«, rief Simone aus.

»Ich hab's ja verstanden«, sagte ich. »Ich bin ganz eurer Meinung. Wir müssen Karl vor den MLIs retten.«

»Aber wie?«, fragte Molly.

»Wir überreden ihn, da auszutreten«, schlug Becky vor.

Ich schüttelte den Kopf. »Was sollen wir ihm sagen? Hey Karl, du bist nicht gerade dazu geboren, eine Geheimgruppe anzuführen, die über die ganze Schule herrscht. Wir glauben, du wärst glücklicher, wenn du dich wie bisher an deinen Unterhosen an einen Wandhaken hängen lässt?«

»Na ja, so geht's natürlich nicht«, sagte Becky.

»Wir könnten die MLIs verpfeifen«, sagte Simone.

»Aufgrund welcher Beweise?«, wandte ich ein. »Eine Person, die wir nicht kennen und die eine Emily-Dickinson-Maske trägt, könnte Teil einer geheimen, schulbeherrschenden Gruppierung sein, die Karl zu ihrem Anführer machen will? Zum BESTIMMER?«

»Uns wird schon was einfallen«, sagte Molly. »Wir müssen jetzt rein, der Unterricht fängt an.«

Ich wollte schon los, da ertönte plötzlich die Stimme meines Ex-Peinigers und Ex-ins-Schließfach-Stopfers hinter mir.

»Hilf mir, Mann!«

»Roy?«

Ich wirbelte herum. Ja, Roy kam geradewegs auf mich zu. Ein Stück weiter den Flur runter stand seine Gang der Zukünftigen Knackis Amerikas.

»Siehst du Dougie da?«, sagte Roy. »Der so bescheuert aussieht?«

Das machte die Auswahl nicht kleiner.

»Er hat mich zu einem Streich-Wettkampf aufgefordert, und jetzt brauch ich deine Hilfe.«

»Ein Streich-Wettkampf?«, wiederholte ich.

»Wer die geilste, übelste Nummer hinlegt, wird zum Anführer.«

»Ok, und was hab ich damit zu tun?«

Roy zeigte auf mein Schließfach.

»Im Ernst jetzt?«

»Jep. Dann bin ich dir einen Gefallen schuldig.«

»Aber einen mächtigen!«

»Meinetwegen. Aber schau zu, dass es echt aussieht.«

Ich verdrehte die Augen und riss die Arme hoch. »Mann, bitte! Ich will nicht schon wieder in mein Schließfach gestopft werden!«

»Halt die Klappe, Weichei! Du gehst da rein und basta!«, rief Roy.

Ich tat so, als würde ich mich gegen ihn wehren, er tat so, als würde er mich ins Schließfach stopfen, dann knallte er die Tür hinter mir zu.

»Na, Dougie, was sagst du jetzt?«, hörte ich Roy sagen. »Meinst du, du kannst das noch toppen? Find' deinen eigenen Hosenscheißer, den du irgendwo reinstopfen kannst! Der hier gehört mir!«

Na danke aber auch, Roy.

Während ich darauf wartete, dass mich einer rausließ, spürte ich, wie mir was ins Kreuz drückte. Ich griff hinter mich und …

Was hatte Doris in meinem Schließfach zu suchen? Ich hatte sie jedenfalls nicht reingetan. Also musste das jemand anders gemacht haben. Jemand, der wollte, dass ich Doris finde. Oder jemand, der wollte, dass Mr. Dupree sah, wie ich sie finde – und dachte, ich hätte sie gestohlen!

»Da will mich jemand reinlegen!«, sagte ich laut.

Aber wer? Moment. Die MLIs vielleicht? Okay, Emily hatte schon immer merkwürdiges Zeug gemacht, aber eigentlich immer nur, um mir zu helfen. Und Doris in meinem Schließfach war eindeutig nicht hilfreich!

»Paul! Bist du schon wieder da drin?«, rief Mr. Dupree vom Flur her.

Wusstet ihr, dass es auch dann wehtut, wenn man nur stumm in seinem Kopf schreit? Ja, tut es.

Ich hatte noch ungefähr drei Sekunden, bis Mr. Dupree mein Schließfach aufmachen würde.

»Moment, ich bin noch nicht tageslichttauglich!« Hektisch stopfte ich Doris in meinen Rollrucksack.

»*Was* bist du?«, sagte Mr. Dupree.

Ich hatte Doris gerade so verschwinden lassen, als Mr. Dupree die Spindtür aufriss.

Er starrte mich an. »Nicht tageslichttauglich?«

Ich starrte auf meine Schuhe. »Ähm … ich hatte gerade gefurzt.«

Stöhnend wedelte Mr. Dupree durch die Luft. »Na los. Du kennst die Prozedur.«

Er half mir raus und wir machten uns auf den Weg zu Dr. Daniels' Büro. Kopfschüttelnd fragte Mr. Dupree: »Doris hast du nicht zufällig gesehen, oder?«

»Nein«, log ich.

»Wir dürfen nicht aufgeben. Früher oder später wird derjenige, der sie geklaut hat, einen Fehler machen und sich verraten.«

14. KAPITEL

Dr. Daniels war noch nicht da, also musste ich warten. Ich griff in meine Tasche, um Molly zu smsen, dass ich Doris gefunden hatte, aber …

Da kam Dr. Daniels rein. »Paul! Genau dich wollte ich sprechen.«

»Sie *wollen* mich sprechen?«

»Ähm … ja … also …«

Meine Frage schien sie aus dem Konzept gebracht zu haben.

Keine Ahnung, ob Dr. Daniels jemals davon geträumt hat, einen Katzensalon zu eröffnen, aber ich bin sicher, sie würde das echt super machen.

Sie brauchte ein paar Sekunden, um zu antworten. »Na ja, ich kann dir ja nur helfen, indem ich mit dir spreche. Also, können wir?«

Super. Sie gibt doch nicht auf. Tut mir leid, Katzen.

»Auf jeden Fall«, sagte Dr. Daniels, »habe ich tolle Neuigkeiten! Du *kannst* den Weg zu deinen Rechenlösungen gar nicht zeigen!«

»Ich weiß«, sagte ich.

»Nein, ich meine, dein Gehirn funktioniert anders als bei anderen.«

Das hatte Omami mir auch schon oft gesagt.

»Du hast ein visuell geprägtes räumliches Lernvermögen! Ist das nicht großartig?«

»Hä?«

»Ich habe mit ein paar Kollegen über dich gesprochen. Und einer schlug vor, ich sollte mich mal über das Thema kundig machen.«

»Sie haben mit anderen über mich geredet?«

»Ich werde dir eine Lernförderungs-Spezialistin vorstellen, die dir morgens vor der Schule helfen wird. Mit ihrer Hilfe kriegst du das in Nullkommanix hin, deine Lösungswege zu präsentieren. Freust du dich?«

Ja, klaaaar.

15. KAPITEL

Als ich nach der Schule nach Hause kam, wirbelte in meinem Kopf ein Haufen Gedanken durcheinander. Wie sollten wir Karl vor sich selber retten? Hatten wirklich die MLIs Doris in meinem Spind versteckt? Wollten sie mich drankriegen, weil wir kurz davor waren, rauszufinden, wer sie waren? Hassten sie mich jetzt? Wie sollte ich Mr. Dupree Doris zurückgeben, ohne dass er dachte, ich hätte sie geklaut?

Der einzige Gedanke, der sich nicht in meinem Kopf befand, war …

… die Möglichkeit, von einem kreischenden Affen zu Tode erschreckt zu werden.

»Aber Mom hat doch gesagt, sie will kein Äffchen!«, sagte ich.

»Manchmal braucht deine Mutter einen kleinen Tritt, damit sie draufkommt, was sie wirklich will.«

»Du meinst, was *du* willst?«

»Bob ist ein Klammeraffe«, erklärte Omami. »Er stammt aus dem südamerikanischen Regenwald. Ist er nicht niedlich?«

Nervig traf es sehr viel besser.

»SOLL DAS EIN WITZ SEIN?!«, schrie Mom plötzlich hinter mir.

»Nein, ist er nicht!«, sagte Mom.

»Er kann sogar Geschirr spülen«, gurrte Omami.

»Und Staubsaugen«, fügte Omami hinzu.

Aber Mom blieb dabei: »ICH DULDE KEINEN AFFEN IN MEINEM … Moment mal, was macht er denn jetzt?«

Bob tat das Einzige, womit meine Mutter so gar nicht umgehen kann.

»Er weint«, sagte Mom. »Hör auf zu weinen! Mach, dass er aufhört zu weinen!«

Omami schlug ein Büchlein auf, das auf ihrem Schoß lag. »Den Befehl kann ich noch nicht. Augenblick … Ich hab's. Er lautet: BLEIB.«

Mom warf die Arme in die Luft. »Na schön. Behalt ihn. Aber wenn ich nur ein einziges Affenhaar in meinem Hackbraten entdecke, fliegt er raus!«

Okay, Bob war echt gruselig, aber er würde Omami helfen und mir damit ermöglichen, mich um meine eigenen Probleme zu kümmern.

Vielleicht wendete sich das Blatt langsam doch wieder zum Guten, zumindest zu Hause. Was mich leise hoffen ließ, dass es am nächsten Tag in der Schule vielleicht auch besser laufen würde.

16. KAPITEL

Trotz allem, was mein lästiger fiktiver Superheld mir an den Kopf warf – ich gab die Hoffnung nicht auf. Und zwar den ganzen Abend nicht und auch am nächsten Morgen nicht. Und auch bis kurz vor der Schule nicht. Aber dann begegnete ich Ms. Kapetzki, meiner selbst ernannten Spezialistin für visuell geprägtes, räumliches Lernvermögen.

Ms. Kapetzki starrte mich an. »Wieso freust du dich nicht?«

»Ähm … ich freu mich ja«, log ich.

Sie schenkte mir ein Lächeln, das so strahlend war, dass es wahrscheinlich sogar die Marsmännchen sehen konnten.

Dann schmiss sie ihre riesige Handtasche aufs Pult, versenkte ihren ganzen Arm darin und holte einen Stapel Lernkarten heraus, die so schmuddelig aussahen, als hätte ein Einhorn draufgekotzt.

Dann grinste sie wieder von einem Ohr zum anderen. »Los geht's.«

Sie tauchte wieder in ihrer Tasche ab und zauberte so eine gruselige Glotzguck-Puppe voller Bändchen und Zöpfchen hervor. »So, Schätzelchen, ich hab gehört, du bist in Mathe der Überflieger. Könntest du unserer Brynleigh Anne bitte erklären, wie du die Aufgabe gelöst hast?«

»Hä?«, machte ich.

»Erklär's ihr, Dummerchen.«

»Zwei mal sieben ist gleich vierzehn«, sagte ich.

»Nein, Zauberschnute. Die Antwort, die du in deinem süßen kleinen seltsamen Köpfchen hast.«

»Ich hab das Einmaleins im Kopf.«

Ms. Kapetzki frohlockte. »Das ist SO toll! Ist das nicht toll? Ich finde es toll! Bitte sag mir, dass du es auch toll findest.«

Ich nickte. »Es ist toll.«

»YEAH! So, Knuffelpups, und wie kriegen wir das Bild, das du im Kopf hast, aufs Papier?«

Ich hatte keine Ahnung. Und ich hoffte inständig, dass sie nicht schon wieder »toll« sagen würde.

»Was, wenn wir was total Bekloopptes machen und die Aufgabe rückwärts lösen?«

»Okaaay?«

»Schreib die Umkehraufgabe zu 2x7=14 auf.«

Ich schrieb:

$$14 : 2$$

»Perfekt! Und wie schaffen wir es jetzt, dass aus 2x=14 x=14 : 2 wird?«

»Wir teilen beides durch 2.«

$$2x/2 = 14 : 2$$
$$x = 7$$

»Und x ist dann = was?«

»Hab ich doch schon gesagt. Sieben!«

Sie zeigte auf mein Blatt Papier. »Tja, Schnutzelchen, damit hast du mir soeben deinen Rechenweg erklärt.«

Ich hab meinen Rechenweg erklärt? Moment mal. Wie bitte?

Ich starrte auf das Papier. Okay, da stand tatsächlich ein Rechenweg. Aber für mich sah es eher so aus, als hätte ich meinen Weg nicht klarer gemacht, sondern länger. Und langsamer.

»Siehst du? Nicht verzagen, Ms. Kapetzki fragen! Und jetzt machen wir das mit einer schwierigeren Aufgabe.«

Als wir fertig waren, packte sie ihr Zeug zusammen und ging zur Tür. »Tschüss, Süßer!« Sie schoss mir wieder ein grell strahlendes Lächeln zu. Na toll, jetzt waren meine Augen verblitzt und ich würde den restlichen Tag schwarze Punkte sehen.

»Paul!«

Ich kniff die Augen zusammen. Becky stand an der Tür. Irgendwo hinter den schwarzen Punkten.

»Wir wollten gerade mit Karl reden«, sagte sie. »Aber er hat sich ins Jungsklo im zweiten Stock geflüchtet. Du musst ihn da rausholen, bevor der Unterricht losgeht.«

»Wieso holt ihr ihn nicht selber raus?«, fragte ich.

»Als Mädchen können wir doch nicht ins Jungsklo!«

»Aber es ist doch nur Karl!«

»Na und, das ist eklig!«

»Bei dir zu Hause geht ihr doch auch alle aufs selbe Klo.«

»Ist trotzdem was anderes.«

Okay, ist vielleicht wirklich was anderes.

17. KAPITEL

Molly und Simone warteten vor den Toiletten auf mich.

»Wir haben nicht viel Zeit, bis es klingelt«, sagte Molly. »Du musst Karl ganz schnell aus dem Klo rauslotsen! Ganz schnell!«

Nur dass die Wörter *schnell, Karl* und *Klo* irgendwie nicht zusammenpassen.

»Aber warum denn so eilig?«, fragte ich.

Okay, das reichte mir als Begründung. Ich schob mich ins Klo. »Karl?«

»Anwesend«, sagte Karl aus einer der Kabinen.

»Hey, die Mädchen und ich würden gern noch kurz mit dir reden, bevor der Unterricht anfängt«, sagte ich.

»Klar, wenn ich fertig bin.«

»Nein, wir müssen uns jetzt sofort unterhalten«, drängelte ich.

»Ich weiß, dass ihr mich die ganze Zeit verfolgt.«

»Was?«

»Mich hat noch nie jemand verfolgt. Ist irgendwie so, als würde ich eine klitzekleine Parade anführen, nur dass keiner zuguckt, und so dicke Typen mit winzigen Augen und bescheuerten Hüten sind auch keine da.«

»Ähm …«

»Und ich weiß, dass du und die anderen vom Wachdienst über ›Eure Fantastität‹ Bescheid wisst.«

»Das weißt du?«

»Erst hab ich mich total drüber gefreut. Ich meine, mir hat noch nie jemand Verantwortung übertragen oder so. Das könnte meine große Chance sein, den Leuten in der Schule wirklich zu helfen. Das fühlt sich gut an. Wie in *NanoNerd* Heft 51, wo die Zwergfaultiere von Ruptkis 12 NanoNerd zu ihrem Anführer wählen.«

»Aber dann dachte ich, vielleicht ist das doch keine so gute Idee. Eventuell halten mich alle für einen schlechten Anführer, weil ich sie vielleicht zwingen könnte, Tofu-Röllchen zu essen. Aber dann dachte ich: ›Na und? Wer mag KEINE Tofu-Röllchen?‹«

Ich hob eine Hand.

»Kommt endlich raus!«, schrie Molly an der Toilettentür.

Ich ging zu den Waschbecken rüber und drehte einen Wasserhahn auf, um die Sache zu beschleunigen.

»Ich hab zu Hause welche gebacken. Sind in meinem Rucksack, nimm dir ruhig eins« sagte Karl.

Nie im Leben.

»Jedenfalls …«, fuhr Karl fort. »Ich dachte, als Anführer der MLIs könnte ich hier einiges verändern.«

»Zum Beispiel?«, hakte ich nach.

SICHERHEITS-TRENNWÄNDE AN DEN TRINKBRUNNEN
KLINGT SINNVOLL.
URZEITKREBS ZUM SCHULMASKOTTCHEN MACHEN
GRRR
LIEBER NICHT.
DIE CAFETERIA-DAMEN NAMENS MABEL DÜRFEN MIR KEINE BOHNEN MEHR GEBEN, WEIL ICH DAVON BLÄHUNGEN KRIEGE.
ZU INTIME INFO.
NEUE AUTOMATEN
ROTE-BETE-SAFT
WIRD NIE PASSIEREN.
VERPFLICHTENDE SCHULUNIFORMEN
PRINZESSINNENKLEID
MATROSENANZUG
NIE-MALS!

»Aber bevor ich die ganzen Sachen mache«, sagte Karl, »gibt es da noch was viel Wichtigeres zu erledigen.«

Was denn? ›Verarsch mich‹ auf die Stirn tätowieren lassen?

»Du weißt doch, dass Humpty Dumpty nicht von allein runtergefallen ist, oder?«

Hä?

»Der aus ›Alice im Wunderland‹. Er wurde geschubst. Das Lied deckt sozusagen ein Verbrechen. Das war kein Unfall – irgendjemand wollte nicht, dass Humpty Dumpty auf der Mauer sitzt.«

Okay, worauf will er mit der Nummer hinaus?

»Ich komme mir vor wie Humpty Dumpty auf der Mauer und so. Ich will da oben sitzen! Das ist meine Chance, allen zu beweisen, dass ich keine Höhenangst mehr habe. Aber ständig will mich einer da runterschubsen! Alle wollen, dass ich am Boden liege, bei den ganzen Pferden und Gefolgsleuten des Königs.«

Jetzt blickte ich wirklich gar nichts mehr.

»Ich brauche Hilfe da oben auf der Mauer. Ich brauche jemanden, der aufpasst, dass sich keiner von hinten an mich ranschleicht. Jemanden wie dich oder Molly.«

»Wer soll sich denn an dich ranschleichen?«

»Ich möchte, dass du und Molly auch den MLIs beitretet.«

Moment mal, was bitte?

Das war nicht das, was ich hören wollte! Er hätte es uns leicht machen sollen, ihm zu helfen, indem wir ihm die ganze Königs-Kiste ausreden! Aber jetzt erwartet er *stattdessen* von uns, dass wir ihn bei der Königs-Kiste *unterstützen*?!

Der Typ ist echt so rücksichtslos!

Bevor ich mich entscheiden konnte, sagte Karl: »Wieso fließt eigentlich Wasser in meine Kabine?«

Ich sah nach unten – meine Füße standen in einer Pfütze. Ich wirbelte zu den Waschbecken herum. Das eine lief über!

Hektisch versuchte ich den Wasserhahn zuzumachen, aber das Ding ließ sich nicht drehen. Jemand musste sich daran zu schaffen gemacht haben, außerdem war der Abfluss verstopft worden, und zwar mit …

Da fiel mir Roy und sein Streich-Wettkampf wieder ein.

»Dougie!«, rief ich.

Ich musste den Abfluss freikriegen, bevor das Wasser noch in den Flur rausfloss und Mr. Dupree Wind davon bekam. Wenn ich nur einen Pömpel hätte …! DORIS!

Ich schnappte mir meinen Rollrucksack, zerrte Doris heraus und begann zu pumpen, als gäbe es kein Morgen.

»Was machen Sie denn da, Mr. Dupree?«, schrie Molly vom Flur her.

»Nein!«, keuchte ich.

»Meinen Job«, sagte Mr. Dupree. »In den Toiletten wurde ein Wasserschaden gemeldet.«

Ich drehte mich um – das Wasser war längst unter der Tür durchgesickert.

Ich hatte nur zwei Sekunden, den Pömpel loszuwerden, bevor Mr. Dupree reinkam. Ich sah nach links, nach rechts, nach unten, nach …

Und dann schaltete das Leben wieder auf Super-Zeitlupe um.

Das Ding blieb an der Decke kleben! Es blieb echt kleben! Endlich hatte mal ein Plan von mir funktioniert! Ich konnte es kaum erwarten, allen davon zu erzählen. Aber als die Toilettentür aufging, wurde mir schlagartig klar, dass ich niemandem davon erzählen konnte.

18. KAPITEL

»Jungs«, sagte Molly kopfschüttelnd, als sie das Chaos sah.

Becky und Simone nickten zustimmend.

»Das war ich nicht«, sagte ich. »Das Waschbecken war schon verstopft. Ich hab nur das Wasser aufgedreht. Und dann ließ es sich nicht mehr zudrehen.«

Mr. Dupree fischte eine Socke aus dem Abfluss und las, was darin eingestickt war. »Dougie.«

Ich nickte. »Das ist der Dumme.«

Es hatte zur ersten Stunde geklingelt.

Wir wollten schon los, da hielt Mr. Dupree uns auf: »Paul, Molly, wie läuft die Suche nach Doris eigentlich?«

Molly und ich blieben stehen, während die anderen in den Unterricht eilten.

»Wir haben sie noch nicht gefunden«, sagte ich. »Wir haben herumgefragt, aber keiner hat sie gesehen.«

Mr. Dupree wandte sich an Molly. »Hast du wirklich überall nachgeschaut?«

»Sie muss hier irgendwo sein!«, sagte Molly.

Ich sah nach oben und …

Wie konnte sie denn verschwunden sein? Moment mal, solche Sachen passierten doch nur, wenn die MLIs ihre Finger im Spiel hatten!

Die MLIs?

Mr. Dupree starrte mich an. »Du siehst aus, als hättest du einen Geist gesehen.«

Keine Ahnung, vielleicht ist Emily ein Geist. Aber das würde ich natürlich nicht zu Mr. Dupree sagen. Jetzt gab es für mich nur noch eins. Wie sagte Omami immer …

Ich zuckte mit den Schultern.

Mr. Dupree stapfte kopfschüttelnd zur Tür. »Bitte findet Doris!«, sagte er noch.

Wir drehten uns langsam um und standen … na ja … einem Geist gegenüber.

Oder so.

»Ähm, du bist doch …«, stammelte Molly.

»Alice Frektner«, sagte das Mädchen.

»Wer?«, fragte ich.

»Moment, ich kenne dich«, sagte Molly. »Du bist das unsichtbare Mädchen … Ich hab mal versucht, die OMGs dazu zu kriegen, dir zu helfen.«

»Dafür war ich dir sehr dankbar«, sagte Alice.

»*Du* gehörst zu den MLIs?«, fragte ich.

Molly zog das Jahrbuch aus ihrem Rucksack. »Aber wir sind doch alle Leute der Reihe nach durchgegangen, Seite für Seite.«

Alice lächelte. »Schaut noch mal hin. Genauer.«

Also schauten wir genauer. Wir blätterten und schauten … Nichts. Aber plötzlich …

»Wir haben dich total übersehen!«, sagte Molly.

»Das passiert mir ständig«, sagte Alice.

Wer könnte besser in eine Geheimtruppe passen als ein Mädchen, das UNSICHTBAR ist!

»Kein Wunder, dass wir nie rausfinden konnten, wer die MLIs sind«, sagte ich.

»Ich nehme an, es gibt noch mehr Mitglieder?«, fragte Molly.

»Selbstverständlich. Und wir freuen uns alle sehr, dass ihr die Prüfung bestanden habt.«

»Welche Prüfung?«, fragte ich.

Alice lächelte. »Ihr habt nicht versucht, Karl davon abzuhalten, den MLIs beizutreten.«

Molly und ich wechselten einen Blick. »Ja, ähm … natürlich … nicht«, murmelten wir im Chor.

»Wir waren uns am Anfang nicht sicher«, sagte Alice. »Ihr beiden wart schließlich nicht immer nett zu Karl.«

Moment mal, das stimmte so nicht! Wir mochten Karl. Okay, außer vielleicht, wenn er so richtig, richtig abdreht … Was, wenn man es recht bedenkt, ständig vorkommt … Was dann wohl heißt, dass …

»Eins würde ich aber gern wissen«, sagte Molly. »Wieso war Doris in Pauls Schließfach? Hast du sie da reingetan?«

»Ich hatte sie mir ausgeliehen«, sagte Alice und reichte mir den Pömpel. »War so eine Art Versicherung – für den Fall, dass du Karl dazwischenschießen solltest.«

»Du hättest mich also reingeritten, um Karl zu decken?«, fragte ich.

Alice lächelte wieder. »Karl ist schlau. Karl ist mutig. Karl ist süß und großmütig. Er ist der Einzige an dieser Schule, der einfach nur damit zufrieden ist, er selbst zu sein. Was könnte man von einem Anführer mehr verlangen?«

Ich überlegte. »Zum Beispiel, dass er nicht alle zwingt, Tofu-Röllchen zu essen?«

»Karl wollte von Anfang an, dass ihr zwei auch zu den MLIs gehört«, sagte Alice. »Er vertraut euch. Und jetzt können wir anderen euch auch vertrauen.«

19. KAPITEL

Nach der Schule ging ich schnurstracks in mein Zimmer. Ich hatte immer noch Hausarrest. Keine Videospiele. Kein Handy. So musste es in Omamis Kindheit ausgesehen haben …

Ich war kurz davor, an Langeweile zu sterben, da piepste mein Computer. Eine Video-Chat-Einladung von Molly.

Einen Tastenklick später erschien sie auf meinem Bildschirm.

»Wir müssen uns über Alice unterhalten«, sagte sie. »Das Mädchen jagt mir ernsthaft Angst ein.«

»Aber sie passt doch auch nur auf Karl auf. So wie wir.«

»Nein. Wir haben niemandem die Sache mit Doris in die Schuhe zu schieben versucht.«

»Na ja, vielleicht mag sie Karl wirklich«, sagte ich.

»Und wir hatten durchaus vor, Karl die MLIs auszureden.«

»Ich weiß. Im Grunde haben wir ihre Prüfung gar nicht bestanden.«

Meine Tarnkappen-Mom! Wieso trägt sie das Mütter-Frühwarnsystem nicht, das ich ihr zum Geburtstag geschenkt habe?

»Nix Wichtiges«, sagte ich.

»Hm. Dr. Daniels hat mich vorhin angerufen, wegen deiner Sitzungen bei Ms. Kapetzki.«

Und was ist mit dem Verschwiegenheitsgebot zwischen Schulpsychologin und Schüler? Kinder kriegen einfach keine Privatsphäre zugestanden! Und keine Rechte!

Das ist einfach unfair!

»Sie hat mir von dem ABST-Test erzählt und dass sie mit besonders vielversprechenden Schülern daran arbeitet, dass die ihr volles Potenzial entwickeln können. Sie hat gesagt, du musst auch die Rechenwege angeben lernen, damit die Schule ein besseres Gesamtergebnis erzielt.«

»Ich hab nie meine Rechenwege angeben müssen und trotzdem ist aus mir was geworden!«, schrie Omami von unten.

»Über den letzten Teil ließe sich streiten, Mutter«, rief Mom. Dann wandte sie sich wieder an mich. »Außerdem hast du noch dein Schulseum-Projekt zu machen.«

»Ich hab alles im Griff!«, sagte ich. »Omami hilft mir bei dem Projekt.«

Hauptsächlich, indem sie unsere Hündin Janice davon abhält, mein Projekt aufzufressen.

»Außerdem hilft mir Ms. Kapetzki bei den Lösungswegen«, fügte ich hinzu.

Ich erzählte Mom von der superschweren Aufgabe, die Mr. Wickler mir vorgesetzt hatte.

Amy ist doppelt so alt wie Jenny. Vor fünf Jahren war Amy dreimal so alt wie Jenny. Finde heraus, wie alt Jenny ist. Und schreib deinen Rechenweg auf!

Am Anfang ging ich so ran wie immer – indem ich drauf wartete, dass die Lösung in meinem Kopf auftauchte. Aber dann begann das Bild in meinem Kopf auch an der Tafel Gestalt anzunehmen.

Es war das erste Mal, dass ich Mr. Wickler meine Lösungswege gezeigt hatte!

Ich dachte, er führt jetzt einen Alien-Würmer-Hirn-Tanz auf oder so was, aber er stand nur ewig so da und dann sagte er …

»Alles ok mit Ihnen, Mr. Wickler?«

Und dann tat er etwas, was ich Erwachsene noch nie hatte tun sehen.

Er zuckte mit den Schultern.

Das mit dem Schulterzucken erzählte ich Mom aber nicht. Ich wollte nicht, dass sie zur Schule rennt und sich über mangelnden Enthusiasmus der Lehrerschaft beschwert.

Also schenkte ich ihr stattdessen mein schönstes Vertrau-mir-Lächeln und sagte: »Ehrlich, ich hab alles unter Kontrolle.«

Mom drückte mich. »Immer wenn du ›Ich hab alles unter Kontrolle‹ sagst, höre ich irgendwie eher: ›Meine Socken haben Feuer gefangen‹. Wie kommt das?«

20. KAPITEL

»Wo sind denn alle?«, fragte ich.

»Das *sind* alle«, sagte Alice.

Ich schaute mich um. Außer Molly, Karl, Alice und mir befanden sich im Nebenraum 7, in dem unser erstes MLIs-Treffen stattfinden sollte, nur noch ein paar Schachbretter.

»Das sind *alle* Mitglieder *eurer* Gruppe«, erklärte Alice. »Es gibt aber noch etliche andere MLI-Gruppen. Jede arbeitet unabhängig von den anderen. So kann es nicht passieren, dass eine Gruppe, die auffliegt, etwas über die anderen verrät.«

»War das schon immer so?«, fragte Molly.

Alice nickte. Und dann erzählte sie uns, dass die MLIs vor einer Million Jahren von einem Mädchen namens Ethel ins Leben gerufen worden seien. Ethel hatte es satt, dass sie nie in eine Völkerball-Mannschaft gewählt wurde, weil sie irgendwie unsichtbar war – genau wie Alice. Also suchte Ethel sich weitere Außenseiter, die auch total unscheinbar waren oder schikaniert wurden oder einfach nirgendwo dazugehörten, und nach einiger Zeit hatten sie praktisch die Herrschaft über die Schule übernommen.

»Das ist also der Schachclub?«

Wir wirbelten herum – Mr. Dupree stand im Türrahmen.

Wir nickten lächelnd. »Genau! Wir sind gern im Schachclub! Warum auch nicht, das macht doch total Spaß!«

»Wow«, sagte Mr. Dupree. »Ich hätte nie gedacht, dass der Schachclub so viele Mitglieder hat. Hab ich euch je erzählt, wie ich mal gegen einen Schachcomputer gespielt habe?«

Stöhn.

»Das ist schon viele Jahre her«, fuhr er fort. »Der Schachbott 5000 war im Vergleich zur heutigen Technologie ein total primitives Ding.«

»Konnte er mit den Augen Laserstrahlen abschießen?«

»Nein, er konnte nur Schach spielen, Karl«, antwortete Mr. Dupree.

»Twister auch nicht?«, bohrte Karl weiter.

»Twister auch nicht. Jetzt lass mich meine Geschichte weitererzählen.«

»Der Schachbott 5000 war so programmiert, dass er tausende möglicher Spielzüge theoretisch durchspielte und sich dann für den allerbesten entschied«, fuhr Mr. Dupree fort. »Ich erwischte einen miserablen Start. Hatte nach nicht mal zehn Zügen meine Königin verloren.«

Karl seufzte. »Die arme Königin.«

»Aber ich wusste etwas, was der Roboter nicht wusste«, sagte Mr. Dupree.

»Nämlich?«, fragte Molly.

»Was bringe ich euch bei – was sollt ihr tun, wenn ihr übertroffen, überlistet oder überbootet werdet?«

»Die Freak-Nummer abziehen«, sagten alle bis auf Alice im Chor. Den Vortrag kannten wir schon.

»Also machte ich total verrückte Züge. Solche, die in der Schach-Logik überhaupt keinen Sinn ergeben. Und in der Roboter-Logik auch nicht. Und wegen meiner freakigen Züge musste Schachbott 5000 so viele Möglichkeiten theoretisch durchspielen, dass er schließlich …«

Karl seufzte. »Der arme Roboter.«

»Er hat das Spiel verloren, weil er Züge, die noch keiner gemacht hatte, einfach nicht vorherberechnen konnte. Freakiges Verhalten ist unvorhersehbar.«

»Hä?«, machte ich.

»Er meint, wenn wir Schach spielen, sollen wir das Unerwartete erwarten«, erklärte Alice.

»Zumindest wenn ihr gewinnen wollt«, sagte Mr. Dupree. »Also, habt ihr Doris irgendwo gesehen?«

Wir schüttelten alle den Kopf.

»Bleibt dran. Ich kann die Grundsatzrede zum Thema Pömpelsicherheit auf der Jährlichen Nationalen Hausmeister-Versammlung in drei Wochen unmöglich ohne sie halten.«

In dem einen Satz steckte so viel unverständliche, verrückte Freakigkeit, dass keinem von uns etwas dazu einfiel.

Nachdem Mr. Dupree gegangen war, schüttelte Alice den Kopf. »Ich glaube, Mr. Dupree …«

Karl guckte auf sein Handy. »Oh nein!«, stöhnte er. »Stanley ist schon wieder weggeflogen.«

BZZZZZ BZZZZZ BZZZZZ

»Rocket Park?«, fragte Molly.

»Ich hab ihm eine Weste aus Knallfolie gebastelt, aber er will sie nicht anziehen. Er findet, er sieht damit fett aus.«

Nachdem Karl abgeschwirrt war, sah ich Alice an. »Was wolltest du gerade über Mr. Dupree sagen?«

»Ich glaube, er ist uns auf der Spur«, sagte Alice. »Ich glaube, er wollte uns durch die Blume mitteilen, dass wir uns so viel verstecken können, wie wir wollen, vor ihm können wir uns nicht verstecken.«

»Ich weiß nicht, ob er genau das sagen wollte«, warf Molly ein.

»Ich glaub das auch nicht. Aber wieso verheimlichen wir unsere Aktionen überhaupt?«, fragte ich.

Alice starrte mich an. »Wir können das, was wir tun, doch nicht vor aller Augen tun! Die MLIs müssen geheim bleiben.«

»Aber Geheimnisse sind manchmal schwer zu bewahren«, sagte Molly.

»Geheimnisse haben seit vielen Jahren dafür gesorgt, dass es an dieser Schule sicher zugeht«, betonte Alice. »Ich werde nicht zulassen, dass irgend so ein Hippie-Hausmeister alles kaputt macht, was wir uns aufgebaut haben. Dafür ist es einfach zu wichtig. Wir müssen etwas unternehmen, um uns Mr. Dupree vom Hals zu schaffen.«

Molly wandte sich an mich. »Fang doch damit an, dass du ihm Doris zurückgibst.«

»Das hatte ich auch vor«, sagte ich. »Ich bin nur

noch nicht dazu gekommen. Ich meine, ich kann sie ihm ja schlecht einfach so in die Hand drücken.«

»Genau«, sagte Alice.

»Dann würde er denken, ich hätte sie geklaut. Also muss ich sie irgendwo deponieren, wo er sie zufällig findet.«

Alice schüttelte den Kopf. »Nein, wir legen sie irgendwohin, wo er ganz sicher schon mal nachgeschaut hat. Dann denkt er, sie hat die ganze Zeit dagelegen und er hat's nur übersehen.«

»Oder er denkt, dass ihm jemand einen Streich spielen will«, wandte Molly ein.

»Nicht, wenn vorher noch andere Sachen verschwinden und dann an Orten wieder auftauchen, wo er schon gesucht hat. Dann wird er so damit beschäftigt sein, sich das Ganze zu erklären, dass er nicht mehr auf uns achten kann.«

»Das ist aber fies!«, rief Molly aus.

21. KAPITEL

»Wir machen das nicht, oder?«

»Natürlich nicht«, sagte ich, als Molly und ich den leeren Schulflur entlanggingen. »Wir legen den Pömpel einfach nur irgendwohin, wo er ihn finden kann, und hauen schnell wieder ab.«

»Alice ist echt ein bisschen gaga«, sagte Molly.

»Ein bisschen?«

»Und was sagen wir ihr hinterher?«

»Dass wir Mr. Dupree so verwirrt haben, dass er den MLIs nie wieder in die Quere kommen wird.«

»Und wenn sie uns nicht glaubt?«

»Wieso sollte sie uns nicht glauben? Jetzt vertraut sie uns doch.«

»Aber wir haben sie angelogen. Von wegen Karl die MLIs nicht ausreden und so.«

Ich schüttelte den Kopf. »Ja, aber das weiß Alice nicht.«

»Und nach dieser Nummer?«, fragte Molly weiter. »Bleiben wir dann Mitglieder der MLIs?«

»Keine Ahnung«, antwortete ich.

Und ich hatte wirklich keine Ahnung. Ich war stinkig gewesen, dass Alice mich nicht ausgesucht und zu den MLIs eingeladen hatte. Aber Mr. Dupree so übel mitzuspielen … das ging zu weit. Vielleicht konnten wir Alice mit der Zeit zur Vernunft bringen. Vielleicht aber auch nicht.

Wir kamen zu der Tür, die zum Hauptquartier des Wachdienstes hinunterführte (das gleichzeitig Lagerraum für Mr. Duprees Hausmeister-Utensilien war).

»Ist die Luft rein?«, fragte ich.

Molly sah den Flur rauf und runter. »Ja, alles klar.«

»Gib mir mal den Pömpel.«

Molly machte meinen neuen lahmen Rollrucksack auf. »Ähm … wieso schleppst du ein Dutzend Thunfischdosen mit dir rum? Und einen Puppenkopf? Und ein Spielzeugklavier?«

»Was?«

Karl musste aus Versehen meinen Rucksack mitgenommen haben.

»Das bedeutet …«

KARL HAT DORIS!

22. KAPITEL

Nach der Schule fuhren Molly und ich zu Karl, wo auch die anderen vom Wachdienst versammelt waren.

»Wieso habt ihr uns schon wieder herbestellt?«, fragte Becky.

»Dann legen wir ihn irgendwohin, wo Mr. Dupree ihn finden kann«, erklärte ich. »Und hinterher überlegen wir uns, wie wir das mit Alice regeln.«

»Alice?«, fragte Becky.

Also erzählten Molly und ich Becky und Simone die ganze Alice-Geschichte.

»Moment mal«, sagte Simone. »Wieso gehört ihr jetzt zu den MLIs und wir nicht?«

Becky nickte. »Ja, genau!«

»Woher sollen wir wissen, dass ihr nicht zu einer anderen Gruppe gehört?«, sagte ich.

Becky verdrehte die Augen. »Weil's nicht so ist.«

»Genau das müsstet ihr sagen, um nicht aufzufliegen«, beharrte ich.

Molly starrte mich an. »Hör auf.« Dann wandte sie sich Becky und Simone zu. »Ich weiß genau, wie ihr euch fühlt. So ging es mir auch, als Karl ausgewählt wurde und ich nicht. Aber jetzt bin ich dabei und Alice jagt mir irgendwie Angst ein, und ich komme mir total blöd vor, weil ich mich damals ausgeschlossen gefühlt hab.«

»Jetzt fühlen wir uns nicht mehr blöd. Danke!«, sagte Simone.

Simone sah zu Karls Haus rüber. »Ob das so eine gute Idee ist … Vielleicht erwischt uns jemand.«

»Wieso können wir nicht einfach morgen eure Rucksäcke zurücktauschen?«, fragte Becky.

»Weil Karl den Pömpel bis dahin längst gefunden und Mr. Dupree zurückgegeben hat«, sagte ich.

»Aber wolltest du nicht sowieso dasselbe tun?«, hakte Simone nach.

»Ich will Doris aber irgendwohin tun, wo Mr. Dupree sie selber findet«, erklärte ich. »Wenn Karl sie ihm einfach so gibt, hagelt es bestimmt Fragen: ›Wo hast du sie gefunden?‹, ›Wie lange hast du sie schon?‹, ›Wieso schaust du so schuldbewusst drein?‹ … So was alles.«

Karl kann Druck echt nicht gut standhalten.

Das Problem mit Mädchen ist, dass sie ständig zu viel reden und zu wenig machen!

»Das reicht!«, rief ich. »Wir gehen jetzt in Karls Zimmer und holen uns diesen blöden Pömpel!«

»Entspann dich, Mann«, sagte Molly.

Becky starrte mich an. »Wenn du weiter hier rumschreist, geh' ich gleich nach Hause.«

»Wir gehen *alle* nach Hause«, keifte Simone.

Das zweite Problem mit Mädchen ist, dass sie sich nicht rumkommandieren lassen, außer wenn man sie nett drum bittet.

»Ok, also«, sagte ich. »Becky, du bleibst hier unten und hältst Wache. Wenn irgendwas ist, heulst du wie eine Eule.«

»Ich kann aber viel besser Kuhmuhen nachmachen«, wandte sie ein.

»Siehst du hier irgendwelche Kühe?«, fragte ich.

»Nö. Aber Eulen auch nicht«, gab Becky zurück.

Ich warf die Hände in die Luft. »Na fein, meinetwegen, dann MUH halt!«

23. KAPITEL

Als die Nummer mit dem an die Decke geworfenen und festpappenden Pömpel geklappt hatte, hatte ich echt gedacht, dass meine Pläne endlich zu funktionieren anfingen. Falsch gedacht.

Ich versteh das nicht. In meinem Kopf laufen die immer so perfekt ab!

Sobald sie aus dem Kopf rausspringen in die Wirklichkeit, nicht mehr.

Wir mussten uns nur in Karls Zimmer schleichen und den Rucksack schnappen, während Becky Karl unten ablenkte. Ganz einfach, oder?

Nein, es ist nie einfach.

Erstes Problem: Karl machte ein Nickerchen. Ja, ich weiß! Wer macht denn noch Nickerchen? Ich meine, der ist doch nicht mehr vier Jahre alt!

Jetzt, wo Karl schlief, musste ich Becky von unten abkommandieren.

Paul: KARL MACHT NICKERCHEN! NICHT AN TÜR KLINGELN!

Becky: Kein Grund, mich anzuschreien.

Zweites Problem: Karls Zimmer ist anders als ein normales Zimmer von einem Zwölfjährigen. Karls Zimmer hat eine Alarmanlage.

»Bist du das?«, fragte Karl. »Dann musst du meinen Wunschzettel gekriegt haben. Ist der Umhang in Royalviolett zu viel verlangt? Normales Lila würde auch gehen, kein Problem. Ich will dir keine Umstände machen.«

Simone kicherte.

Stanley sang: »Das Batmobil quietscht ganz viel/Joker rennt im Schnee/Hey!«

»Jetzt werd' nicht frech, Stanley«, sagte Karl. »Weihnachtsmann, du kannst ruhig rauskommen. Ich würde dir gern meine Urzeitkrebse zeigen. Ich hab ihnen Cha-cha-cha beigebracht!«

Die Urzeitkrebse! Aber natürlich!

Simone schnaubte. Molly stieß mir den Ellbogen in die Rippen.

»Du kannst SPRECHEN!«, schrie Karl. »Ich wusste es! Wie solltet ihr auch sonst die Tanzschritte zählen? Könnt ihr *alle* reden?«

Ich schaute Molly an. Molly schaute Simone an.

»Ja!«, quiekte Molly.

»Na klar!«, fiepte Simone.

Karl klatschte in die Hände.

»Ich möchte, dass du was für mich tust, Karl«, sagte ich. »Ich möchte, dass du … ähm … singst, und zwar … ähm …«

In meinem Kopf war plötzlich nur Schneegeriesel. Mir wollte einfach kein Lied einfallen.

»Bruder Jakob? Als Kanon?«, schlug Karl vor.

Danke, danke, danke, dass du so merkwürdig bist, Karl!

»Ja«, sagte ich. »Sing ›Bruder Jakob‹ mit uns im Kanon!«

Karl jubelte. »Das ist der schönste Tag meines Lebens!«

Okay, das war dann doch ZU merkwürdig.

»Ihr fangt an«, sagte Karl. »Nein, lieber ich. Außer, ihr wollt unbedingt. Wollt ihr anfangen?«

»Nein, mach du mal«, quietschte ich.

»Bruder Jakob, Bruder Jakob«, sang Karl.

Wir sangen so lange im Kanon, bis Karl wieder eingeschlafen war.

Dauerte nur eine Stunde.

24. KAPITEL

Als ich am nächsten Morgen runterkam, saßen Omami und Bob gemeinsam vor dem Fernseher und guckten sich auf dem Schwarz-Weiß-Kanal Omamis zweitliebste Sendung an.

Da geht's um einen komischen Hund, der ständig so einen Jungen namens Brandon retten muss, weil der ständig in irgendwelchen Minen oder Wäschetrocknern stecken bleibt.

In jeder Folge rennt Jack dann los und holt jemanden zu Hilfe, der fließend Hundisch spricht.

Und in jeder Folge wird Brandon gerade noch rechtzeitig gerettet, bevor die Mine einstürzt oder jemand den Trockner anstellt.

»Brandon ist in Sicherheit! Jetzt kann ich meinen Tag beginnen!«, jubelte Omami.

»Das freut mich für dich«, sagte ich.

Omami beäugte mich argwöhnisch. »Was ist denn los mit dir?«

»Gar nichts.«

Sie schoss mit ihrem Du-sagst-mir-jetzt-alles-sonst-zwing-ich-dich-doch-noch-mit-mir-Unterhosen-einzukaufen-Blick auf mich.

Ich legte ein Geständnis ab. »Heute ist der ABST-Test!«

»Blöde Prüfungen«, sagte Omami kopfschüttelnd. »Albert Einstein soll mal gesagt haben: ›Jeder ist ein Genie. Aber wenn man einen Fisch nur nach seiner Fähigkeit zum Bäumeklettern beurteilt, wird er sein Leben lang glauben, er sei dumm.‹«

Ich verstand kein Wort von dem, was sie sagte, aber von Einstein hatte ich zumindest schon mal gehört. Im Physikunterricht.

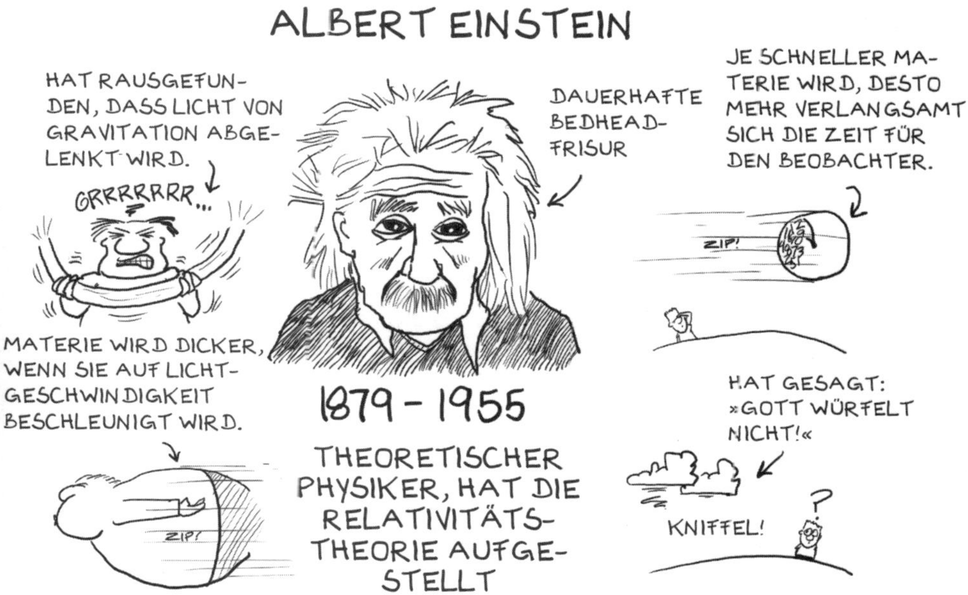

»Schon gut«, sagte ich. »Die wollen nur, dass ich meine Rechenwege hinschreibe.«

»Du weißt, dass Einstein seine nie aufgeschrieben hat?«, sagte Omami.

»Hä?«

»E ist gleich mc Quadrat?«

»Ich glaube kaum, dass ich um den Test drumrumkomme, nur weil Einstein seine Lösungswege auch nie aufgezeigt hat«, sagte ich.

Omami seufzte. »Ich weiß, Schätzchen. Es ist einfach unfair. Aber wenn das Leben dir Zitronen schenkt, mach Limonade draus. Die trinkst du dann aus. Und versuchst, nicht zu kotzen.«

Was?

»Komm her und drück Bob und mich mal ganz fest.«

25. KAPITEL

Ms. Kapetzki stand vor dem Klassenraum und sah mir tief in die Augen.

»Bist du bereit für den ABST, Sonnenscheinchen?«, fragte sie.

Ich nickte. Dann umarmte sie mich, und ich verlor jedes Gefühl für Zeit und Raum.

Als sie mich wieder ins Licht entließ, sagte sie: »Und denk dran, Stummelchen, das, was du denen zeigst, ist einfach nur das, was dein kleines feines Dummerlihirn sieht.«

Ich nickte.

»Und jetzt geh und mach sie fertig! Chaka chaka Kinderkacka!«

Lächelnd betrat ich das Klassenzimmer. Ich war stark. Ich würde es schaffen. Nichts, absolut GAR NICHTS konnte mich aufhalten.

Mr. Wickler war mein Prüfer? Jetzt im Ernst? Hey! Unfair!

»Gutes Gelingen!«, sagte er.

Na klar, als würde der mir wirklich gutes Gelingen wünschen! Ich holte tief Luft. Ich versuchte, mich zu entspannen. Ja, ich würde es schaffen. Und ich schaffte es. Zumindest bis …

Das war’s, ich war geliefert.

»Probleme?«

Ich schaute hoch. Mr. Wickler lächelte zu mir herunter. Ich konnte mir genau vorstellen, was die hirnzerfressenden Würmer in seinem Kopf ihm jetzt für Botschaften an mich vorsagten …

Mr. Wickler wollte, dass ich versagte. Das würde auch erklären, warum er so enttäuscht ausgesehen hatte, als ich es endlich geschafft hatte, ihm meine Lösung zu geben. Der Mann war das personifizierte Böse. Er war …

»Bitteschön«, sagte er und reichte mir einen Bleistift. »Ich hab einen übrig. Viel Glück!«

Moment, war das ein Trick oder was? Aber der Bleistift sah ganz normal aus. War auch nicht so'n Billigding aus Presspappe oder so. Konnte es sein, dass Mr. Wickler doch irgendwie menschlich war?

Ich klappte mein Prüfungsblatt auf. Als Erstes sprang mir ein Text über monstermäßige Tintenfische ins Gesicht, die größer sind als Riesenkalmare, aber kleiner als Arkansas.

6. IN WELCHEM LEBENSRAUM SIND DIESE RIESIGEN TINTENFISCHE ANZUTREFFEN?

A. GROSSE FLÜSSE UND MEERESMÜNDUNGEN
B. KOIKARPFENTEICHE IM GARTEN
C. SEAWORLD
D. TIEFSEE

Chaka chaka, Kinderkacka!

Im nächsten Testabschnitt war Aufsatzschreiben dran. Ich musste auf zwei Seiten ein Erlebnis beschreiben, bei dem ich recht gehabt hatte. Was mir echt schwerfiel, denn es gab so viele solcher Erlebnisse, dass ich mich kaum für eins entscheiden konnte.

Am Ende schrieb ich darüber, wie Omami und ich beim Gemüsehändler gewettet hatten, was die anderen Käufer kaufen würden.

Bei den Chips-Regalen trieb sich so ein aufgebrezelter Anzugmann herum. Omami setzte auf Bio-Chips mit Meersalz. Ich auf Superduperkäse-Speck & Majo-Chips von Mr. Saltysnack.

Chaka chaka Viel-zu-easy-Kinderkacka!

Dann war Mathe dran. Erst ein Haufen Multiple-Choice-Fragen, dann … oh nein! Zwei Aufgaben mit Lösungsweg-Pflicht!

Ich holte tief Luft, schloss die Augen und versuchte, meinen Kopf freizukriegen.

Ich las mir die erste Aufgabe leise durch. »Wenn Sams Mittagessen 2,25 Dollar kostet, wie viel Geld braucht er dann für fünf Tage Mittagessen?«

Ich wusste, dass die Antwort 11,25 Dollar lautete, aber ich wusste auch, dass ich damit noch nicht am Ende war. Also tat ich das, was Ms. Kapetzki mir beigebracht hatte: Ich verlangsamte meine Arbeit, um meinen Lösungsweg aufs Papier zu zaubern.

Chaka chaka Kinderkacka!

Die zweite Aufgabe war wesentlich schwieriger. Ein überschneidendes Venn'sches Diagramm von einer Pizzabelag-Umfrage unter fünfundsiebzig Leuten.

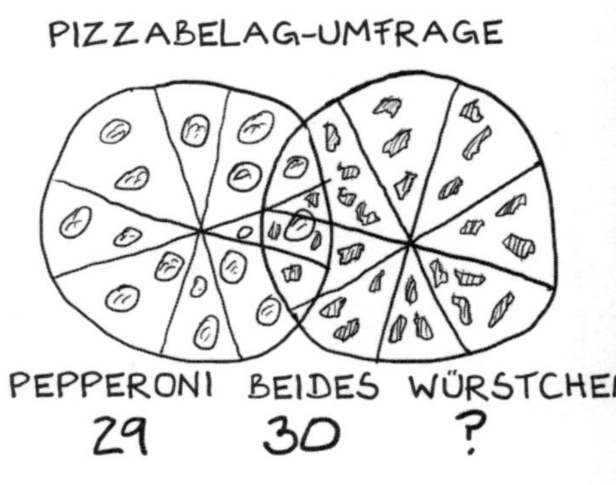

Ich wusste wieder sofort, dass die richtige Antwort 16 lautete. Und wieder verpflanzte ich das Bild aus meinem Kopf aufs Blatt Papier: 75-59=16. Ich schrieb die Antwort auf, aber dann … lief irgendwie alles schief.

Ich strich alles durch. Ich schrieb: 75-(29+30)=16. Sah eigentlich ganz richtig aus, aber 100 %ig sicher war ich mir nicht.

»Noch eine Minute«, verkündete Mr. Wickler.

Ich schaute hoch. »NEIN!«

»Gibt es ein Problem, Paul?«, fragte er.

Ich gab keine Antwort. Hektisch zeichnete ich eine Pizza nach der anderen. 29+30+X=75. 59+X=75. +59 auf beiden Seiten … Nein, Moment. Ich muss doch eher subtrahieren …

Chaka chaka das war Kacka.

26. KAPITEL

Ich hab das richtige Ergebnis! Yes! Ich hab mich auf dem Weg dahin irgendwie verirrt. Aber die werden das verstehen. Sie werden mir das richtige Ergebnis anrechnen. Ich kriege eine hohe Punktzahl. Und wenn Boy Toyz dann doch kein Konzert machen sollten, ist es nicht meine Schuld.

Aber bevor ich ernsthaft überlegen konnte, ob ich vielleicht lieber mit einem Monstrositäten-Zirkus durchbrennen sollte …

… sah ich Mr. Duprees Putzeimer ganz allein vor dem Jungsklo stehen. Okay, vielleicht würde ich durch den ABST fliegen, aber zumindest konnte ich jetzt Doris zu ihrem rechtmäßigen Besitzer zurückführen.

Ich musste sie nur beim Eimer absetzen und still weitergehen, und Mr. Dupree würde niemals erfahren, dass ich sie zurückgebracht hatte.

Ich zog Doris aus meinem Rollrucksack raus, ging zum Putzeimer rüber, setzte den Pömpel ab und …

»Wir dachten, wir könnten dir vertrauen«, sagte sie. »Wir dachten, du wärst einer von uns. Aber das bist du nicht. Du machst nicht das,

was ich dir aufgetragen habe. Dir geht's nicht wirklich darum, die Sicherheit der MLIs und der Schule aufrechtzuerhalten. Du denkst nur an dich selbst!«

»Nein, das stimmt nicht«, sagte ich. »Ich …«

»Ein Glück, dass wir Plan B haben!«

»Plan B?«

Ich rückte ein Stück vor, um mir Doris zu schnappen, da stürmte plötzlich Mr. Dupree aus den Toiletten heraus.

»Ich … ähm … ist ganz gut gelaufen«, stammelte ich. Jetzt hatte ich keine Wahl mehr, ich musste …

Ein Mini-Tsunami rauschte den Flur hinunter und direkt auf einen Sechstklässler zu.

Als Mr. Dupree davonstürzte, um den Jungen zu retten, wirbelte ich herum und riss Alice den Pömpel aus der Hand.

Ich musste mich dringend vom Acker machen. Ich rappelte mich auf und drehte mich zur anderen Seite, um Doris in meinen Rucksack zu schieben, aber …

Genau wie Alice.

Ich wollte schon losrennen, da sah ich Molly am anderen Ende des Flurs.

Ich versuchte nicht dran zu denken, dass meine Pläne immer in die Hose gingen. Ich versuchte weiter, alles positiv zu sehen. Ich versuchte, mich an einen weiteren Ausspruch von Omami zu erinnern.

Aber es half alles nichts.

27. KAPITEL

»Das ist nicht Doris«, sagte Mr. Dupree.

Aber es war doch derselbe Pömpel, der in meinem Rucksack gesteckt hatte! In dem Rucksack, den aus Versehen Karl mitgenommen hatte. Das MUSSTE Mr. Duprees Pömpel sein! Außer …

… Alice hatte mir den falschen Pömpel gegeben! Das musste ihr »Plan B« gewesen sein! Und sie hatte die ganze Zeit die echte Doris gehabt.

Aber … warum hatte sie sich dann meinen Rucksack geschnappt?

Mr. Dupree beäugte den neuen Pömpel. Dann beäugte er mich mit einem Ich-bin-*echt*-enttäuscht-von-dir-Blick.

Normalerweise wäre das jetzt ein Achselzuck-Moment gewesen. Aber der *Echt*-enttäuscht-Blick von Mr. Dupree nahm einem jede Chance auf Achselzucken. Der Mann hatte die Wahrheit verdient.

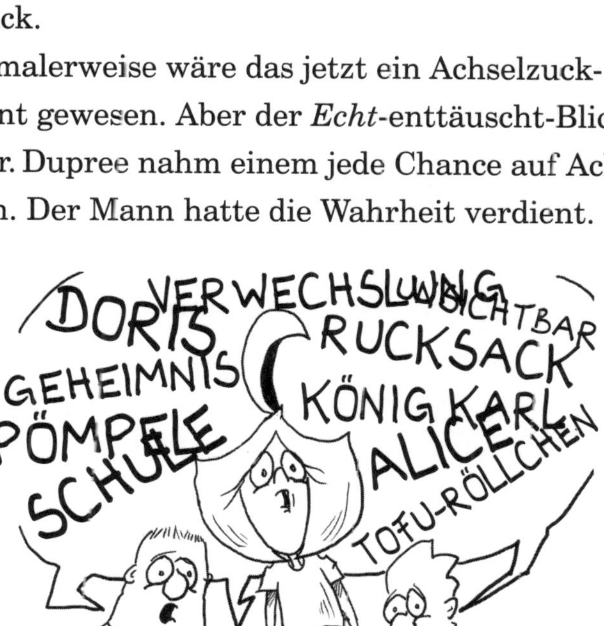

Nicht, dass die Wahrheit glaubwürdig geklungen hätte.

»WAS IST DENN HIER LOS?«, dröhnte Dr. Daniels.

Sie stand, die Hände in die Hüften gestemmt und einen Das-meine-ich-ernst-Ausdruck im Gesicht (den sie bestimmt in ihrem Online-Schulpsychologen-Kurs gelernt hatte), vor uns.

Mr. Dupree hielt Doris hoch. »Ich hab meinen Pömpel wieder.«

Dr. Daniels blinzelte verwirrt. »Ich wusste gar nicht, dass er weg war.«

»War er. Beziehungsweise sie«, sagte Mr. Dupree. »Und sie bedeutet mir sehr viel. Diese jungen Leute hier, die wissen, wie viel sie mir bedeutet. Und *irgendwie* ist Doris jetzt in Pauls Rucksack wieder aufgetaucht.«

Dr. Daniels starrte mich an. »Als hättest du nicht schon genug Ärger am Hals.«

Was sollte das denn heißen?!

»Jetzt versuchen sie Alice Frektner die Schuld in die Schuhe zu schieben«, sagte Mr. Dupree.

»Wem?«, fragte Dr. Daniels.

»So ein unscheinbares Mädchen? Total unauffällig?«, half Mr. Dupree ihr auf die Sprünge.

Dr. Daniels schüttelte den Kopf. Dann: »Oh … ach ja! Jetzt weiß ich wieder, wer Alice ist. Das süße, schüchterne Mädchen, dem ich empfohlen habe, vielleicht mal etwas farbenfrohere Sachen anzuziehen.«

Mr. Dupree sagte: »Sie behaupten, Alice wäre ein Emily-Mitglied.«

»Ein MLIs-Mitglied. Mehrzahl«, verbesserte ich ihn.

»Der Geist, den ihr für alles Unverständliche an der Schule verantwortlich macht?«, hakte Dr. Daniels nach.

»MLIs ist kein Geist«, sagte Molly.

Dr. Daniels starrte Karl eine Weile an, dann wandte sie sich wieder Mr. Dupree zu. »Alice? Ein Superhirn? Das Mädchen wirft doch nicht mal einen richtigen Schatten!«

»Und genau deswegen ist sie perfekt für den Job«, raunte ich leise.

Mr. Dupree fügte seinem *Echt*-enttäuscht-Blick noch eine Extraprise *Echt* hinzu.

Dr. Daniels nickte. »Also, eine Krise nach der anderen.« Sie hielt mein ABST-Prüfungsblatt hoch. »Erst mal wird Paul DAS HIER einem Beamten von der Prüfungskommission erklären müssen.«

»Was?«, rief ich. »Ich hab doch meine Lösungswege hingeschrieben!«

»Aber nicht für dein Ergebnis«, sagte Dr. Daniels.

»Aber ich hab doch das richtige Ergebnis rausgekriegt!«, sagte ich.

»Ich weiß, aber das wird trotzdem nicht angerechnet, und die Punktzahl ist wirklich knapp. Wir brauchen diese eine Aufgabe von dir, um eine außerordentliche Schule zu werden.«

»Und das Boy-Toyz-Konzert zu bekommen«, fügte Molly hinzu.

»Sie meinen, uns fehlt nur ein einziger Punkt?«, fragte ich.

Dr. Daniels nickte wieder. »Genau. Wir treffen uns morgen vor Beginn des Schulseums mit den Leuten von ABST und werden über deinen Fall diskutieren.«

Auf einmal waren alle Blicke auf mich gerichtet. Ich

versuchte das zu tun, was bei Alice immer so super-easy aussieht.

Ich versuchte unsichtbar zu werden.

Ist echt viel schwerer als es aussieht.

28. KAPITEL

Schon ein Uhr nachts und ich konnte nicht schlafen. Ich starrte eine Weile auf die Tapetenhuckel an meiner Zimmerdecke (ich schwöre, sie ergaben den Schriftzug LOSER!), dann beschloss ich, nach unten zu gehen und eine Schüssel voll NanoPops zu essen.

Ich fand keine NanoPops. Dafür einen schlafenden Affen, dessen Bauch mit meinem Schulseum-Projekt vollgestopft war.

Hinter mir ging die Kühlschranktür auf. Omami saß in ihrem Rollstuhl davor und griff nach einem übrig geblieben Stück Pizza mit Makkaroni und Käse.

Sie sah mich an. »Was ist? Ich hab nix gemacht.«

»Seh' ich«, sagte ich.

Omami spähte an mir vorbei zu Bob rüber. »Au-weia.«

»Das Ding ist kaputt!«, sagte ich.

Omami biss von ihrer Pizza ab. »Tut 'ir e'lich 'eid, 'aul. Er 'at's 'austdick 'inter 'en Ohren, o'wohl er e' so 'iedlich aussieht.«

»Das Schulseum ist morgen!«

Omami schluckte trocken. »Wir lassen uns was einfallen. Denk dran: Wenn ein Tornado ein Dach wegreißt, wird ein Sonnenzimmer geboren.«

Hä?

»Für welches Fach war dein Projekt gleich noch mal?«

»Weltgeschichte.«

Omami starrte die Überreste meines Taj Mahal an. Dann nickte sie.

»Die Cercopen«, sagte sie.

»Was?«

Omami holte ihr Smartphone aus der Tasche ihres Morgenrocks und reichte es mir. »Schau selber nach. Ist schließlich dein Projekt!«

Ich schaute also nach. Cercopen. Freakig aussehende Affenkobolde

aus der griechischen Mythologie, die nur Unsinn anstellten.

»Danke. Oder so.«

»Na dann, Problem erledigt. Was hast du eigentlich hier unten zu suchen?«

»Konnte nicht schlafen.«

»Alpträume?«

Ich schüttelte den Kopf.

»Hast du plötzlich in Unterhosen dagestanden? Bist du im Traum geflogen? Hat dich ein Riesenkaninchen namens David zu einem Wrestling-Kampf aufgefordert?«

»Ich hatte keinen Alptraum!«

»Oh, dann bin ich wohl die Einzige. Ist auch nicht wichtig. Ich weiß genau, was mit dir los ist.«

»Aha?«

Omami schüttelte den Kopf. »Du kannst dich nicht in deinem eigenen Schatten vor dem Chaos verstecken.«

Und dann erzählte sie mir alles, was ich schon längst wusste.

»Mr. Dupree glaubt nicht, dass du Doris geklaut hast, aber an den ganzen Quatsch mit Emily und Alice glaubt er auch nicht«, sagte Omami.

»Aber es ist die Wahrheit!«

»Selbst wenn. Ist nicht deine Aufgabe, alles wieder hinzubiegen. Deine Aufgabe ist es, ein netter Junge zu sein und mir den Nacken zu massieren, wenn ich dich drum bitte!«

Bob fing an zu schnarchen.

»Hast du außer Alice eigentlich schon mal andere Mitglieder der MLIs gesehen?«

»Nein, aber das ist mit Absicht so, damit man sich nicht gegenseitig verraten kann«, erklärte ich.

»Oder es gibt gar keine anderen Mitglieder. Wozu die ganze Geheimnistuerei?«

»Alice sagt, wenn alle wüssten, wer wir sind, könnten wir nicht das tun, was wir tun«, sagte ich.

»Und warum hat sie euch dann eingeladen, beizutreten?«

»Keine Ahnung, vielleicht dachte sie, wir könnten nützlich sein?«

Omami lächelte. »Ich glaube, sie wollte euch zeigen, was sie so macht. Ich glaube, sie will *allen* zeigen, was sie macht!«

Wie bitte?«

»Du musst sie in eine Situation bringen, in der sie sich einfach nicht mehr zurückhalten kann und angeben *muss*. Du musst sie dazu bringen, ihren …«

»IHREN PLAN IM KOPF ZU ZEIGEN!«, schrie ich.

»Ja, genau«, sagte Omami, grapschte sich ein Küchentuch, rollte zum schnarchenden Bob rüber und stand mit wackligen Beinen auf.

»Aber wie soll ich das machen?«, fragte ich.

Omami legte das Tuch über den Affen, sodass er wach wurde. »Das gibt eine tolle Toga ab!«

»Das sollte ich vielleicht lieber selber machen.«

»Keine Sorge, ich überlasse dir die ganzen Lorbeeren!«

Ähm … Das war's!

29. KAPITEL

Man kann weglaufen. Man kann sich verstecken. Aber egal, was man tut, man kann seiner Vergangenheit nicht entrinnen. Man versucht sich zu ändern. Man trägt neue Unterwäsche. Man fängt an, »Bitte« und »Danke« zu sagen, und »Ich kann es kaum erwarten, Ihnen eine Dankeskarte zu schreiben!«.

Aber das funktioniert alles nicht. Der Vergangenheit ist es nämlich total wurscht, wie man jetzt ist. Oder wer man zu sein versucht. Oder dass es diesmal wirklich, wirklich ganz anders laufen wird. Alles wurscht. Die Vergangenheit geht nur danach, wer man DAMALS war. Und die Vergangenheit vergisst nichts. NIEMALS.

»*Du* hast einen Plan?«, fragte Molly.

»Was soll das denn heißen?«, sagte ich.

Molly, Karl, Becky, Simone und ich standen am Abend des Schulseums auf dem Flur zusammen und warteten darauf, dass die Eröffnung losging.

»Deine Pläne funktionieren nur selten«, sagte Molly.

»Um nicht zu sagen: nie«, fügte Simone hinzu.

»Hey, neulich haben wir es immerhin geschafft, Karls und meinen Rucksack zurückzutauschen, oder?«, wandte ich ein.

Karl blinzelte verständnislos. »Was? Wie?«

Ups.

Karl keuchte. »IHR wart die Urzeitkrebse! Kein Wunder, dass sie mich neulich angeschaut haben, als hätte ich ihnen ins Aquarium gespuckt! Ich hatte sie gebeten, noch mal ›Bruder Jakob‹ zu singen.«

»Paul?«, sagte Dr. Daniels hinter mir.

Ich drehte mich um.

Perfekto-Phil war mal mit meiner Mutter zusammen gewesen. Sie hat dann aber Schluss gemacht, nachdem er es fast geschafft hätte, dass ich die siebte Klasse wegen Fake-Schikanierens wiederhole, nur weil er so eine bescheuerte Null-Toleranz-Methode an der Schule eingeführt hatte.

Perfekto-Phil würde keinen Pfifferling drauf geben, dass ich zwar den falschen Rechenweg, aber das richtige Ergebnis abgeliefert hatte. Er würde sicher keine Möglichkeit suchen, wie ich den ABST-Test bestehen könnte. Perfekto-Phil würde *perfekt* neutral bleiben. Und das hieß für mich …

Ich war dem Untergang geweiht.

»Wollen wir in mein Büro gehen?«, schlug Dr. Daniels vor.

Könnten wir bitte, bitte ausnahmsweise mal die Vergangenheit vergessen?, dachte ich. Nur dieses eine Mal?

30. KAPITEL

»Ich weiß, dass der Lösungsweg, den Paul angegeben hat, nicht zum richtigen Ergebnis führt«, sagte Dr. Daniels, die mir gegenüber an ihrem Schreibtisch saß.

Perfekto-Phil stand neben Mr. Wickler an der Tür und nickte auf perfekte Weise.

»Aber ich hab das richtige Ergebnis rausgekriegt«, sagte ich. »Das war die Antwort, die ich in meinem KOPF hatte!«

Perfekto-Phil verschränkte seine perfekten Arme und blickte perfekt ernsthaft drein.

»Ich hab nicht geschummelt!«, sagte ich.

»Ich bin Pauls Mathematiklehrer«, mischte sich Mr. Wickler ein. »Und ich habe bei seinem Test Aufsicht geführt. Paul ist vielleicht oft stur und schwierig und treibt einen auf die Palme, aber er hat nicht geschummelt und würde es auch nie tun.«

»Das wird ihm auch nicht vorgeworfen«, sagte Dr. Daniels.

Wow. Vielleicht muss ich meine Theorie von den

Reibekäse-gefüllten Erwachsenenhirnen doch mal überdenken.

Perfekto-Phil nickte langsam.

»Paul ist ein intelligenter, vielseitig begabter Junge, der nur zufällig nicht in unser über-ordentliches, standardisiertes Quadratisch-praktisch-gut-System passt.«

Dr. Daniels stand auf. »Paul hat eine visuell-räumliche Lernstörung. Sein Gehirn arbeitet anders als Ihres oder meins. Ist das wirklich so wichtig, *wie* er auf das richtige Ergebnis kam? Ist es nicht viel wichtiger, *dass* er es rausbekommen hat?«

Perfekto-Phil sah erst Dr. Daniels an, dann Mr. Wickler und dann mich. Schließlich ließ er sein perfektes Lächeln aufblitzen. »Vielen Dank, dass Sie sich die Zeit genommen haben.«

»Ich lasse Sie wissen, sobald wir eine Entscheidung gefällt haben …«, begann Perfekto-Phil.

Alle Handys begannen gleichzeitig zu klingeln. Dr. Daniels ging ran und sagte dann: »Im Schulseum gibt es ein Problem.«

31. KAPITEL

»Wo ist Bob?«, fragte ich Omami.

»Gerade hatte er noch in meinen Haaren nach Flöhen gesucht, und plötzlich …«, sagte sie.

Bob hockte ganz oben auf Maria Olmeras Modell des Krakatoa-Vulkans (Maßstab 1 : 3000), dessen Ausbruch im Jahr 1883 noch dreitausend Meilen entfernt zu hören war.

»Hast du die Affenleckerlis dabei?«, fragte ich.

Omami tätschelte ihre Handtasche. »Na klar doch.«

»Gut, dann versuch ihn damit runterzulocken«, sagte ich.

Molly, Becky, Simone und Karl kamen auf uns zu. »Gehört das auch zu deinem Plan?«, fragte Molly.

Keine Ahnung?

Ich schaute mich im Raum um. Da war Mollys kartoffelbetriebenes Handy-Ladegerät, daneben Karls Stanley-betriebene Zahnbürste, und dann, endlich, das Ding, nach dem ich Ausschau gehalten hatte …

»Das ist MEIN Taj Mahal!«, sagte ich. »Sie hat meine Idee geklaut! Soll das ein Witz sein?«

»Was ist los?«, fragte Molly.

»Vergiss es. Ja, natürlich gehört das alles zu meinem Plan. Jetzt …«

»Bevor du uns deinen Plan erklärst, möchte Karl etwas sagen«, unterbrach mich Molly.

Karl räusperte sich. »Es ist einfach falsch, deinem Freund vorzugaukeln, seine Urzeitkrebse könnten ›Bruder Jakob‹ singen.«

»Du hast recht, Karl«, sagte ich. »Es tut mir leid.«

»Du kannst es wieder gutmachen«, sagte Karl. »Indem du zu einem Spielnachmittag mit zu mir kommst und wir singen es zusammen.«

»Nur kleine Kinder verabreden sich zu Spielnachmittagen«, wandte ich ein.

»DU MACHST DAS!«, riefen Molly, Becky und Simone im Chor.

»Jeden Samstag, zwei Monate lang«, sagte Karl.

»Also gut«, sagte ich. »Aber jetzt … Hier kommt mein Plan.«

Karl hob die Hand.

»Ja, Karl?«, sagte ich.

»Die Mützen-Cam kann nicht direkt an einen USB-Stick übertragen.«

»Das weiß ich, und das weißt du, aber Alice weiß es nicht.«

»Ach soooooo«, sagte Karl.

»Will Bob ein Leckerchen?« Omami stand am Fuß des Vulkans und streckte eine Hand aus. Bob hüpfte herunter, grapschte sich das Leckerli und kraxelte sofort wieder auf die Bergspitze.

»Wir müssen das jetzt machen«, sagte ich, »solange alle anderen abgelenkt sind.«

Langsam setzten wir uns Richtung Alice in Bewegung. Ich sagte: »Ja, das waren wir!«

»Du meinst, *ihr* habt bei der Wissenschaftsausstellung den Python aus dem Käfig gelassen?«, fragte Becky.

»Ja, wir haben eine Fernsteuerung am Käfig festgemacht, um das Ding aus der Entfernung öffnen zu können. Stimmt's, Molly?«

»Klar stimmt das, Paul! Und vergiss nicht die ganzen Kreidezeichnungen, die wir auf den Bürgersteig gekritzelt haben.«

»IHR habt all das gemacht?«, fragte Simone. »Ich meine, bis auf die eine Zeichnung, die hab ich gemacht.«

Karl hob wieder die Hand.

»Karl, du musst dich nicht melden«, sagte ich.

»Weißt du noch, damals, als mir beim Mittagessen

die Milch aus der Nase geschossen ist und alle mich ausgelacht haben?«, fragte er. »Wart ihr das auch?«

»Nein, natürlich nicht«, raunte ich ihm zu. Aber lauter sagte ich: »Aber wir haben dir die Einladung zu den MLIs geschickt!«

»Oh, sorry«, flüsterte Karl zurück, und dann lauter: »Das wart IHR?«

»Ja, sicher!«, sagte ich. »Das waren …«

»WIR!!!«, schrie Alice plötzlich. »Nicht ihr! WIR!!!«

Sie war knallrot angelaufen, so rot, dass sie ausnahmsweise richtig gut zu sehen war. Dr. Daniels hatte recht, das Mädchen sollte kräftigere Farben tragen.

»Ihr lügt!«, rief Alice. »Ihr habt gar nichts gemacht! ICH hab das alles getan!«

»DU?«, fragte ich.

»Ich meine … WIR! Wir haben all diese Sachen gemacht! Wir haben euch Hindernisse aus dem Weg geräumt, haben uns eingemischt, sind durch dreckige Luftschächte gekrochen und haben uns dabei die Lieblings-Jeans zerfetzt … Wir haben von niemandem Lob dafür bekommen, niemand hat uns mit Kuchen gefüttert, und nie hat uns einer eingeladen, mit seinen Urzeitkrebsen Twister zu spielen! KEIN EINZIGES MAL!«

Alice starrte mich an. »Ich weiß, was du vorhast. Du willst mich dazu bringen, alles zuzugeben. Aber niemand wird dir glauben. Niemand würde jemals glauben, dass so ein süßes, schüchternes, unscheinbares Mädchen wie ICH so was tun könnte.«

»Bitte, Bob. Komm zu Omami, Bob, bitte«, flehte Omami am anderen Ende des Raums.

»Mag sein, dass sie unseren Worten nicht glauben«, sagte ich und griff unter Karls Baskenmütze. »Aber den Bildern, die mit Karls Mützen-Cam aufgezeichnet wurden, werden sie sehr wohl glauben. Auf dem Stick ist alles drauf, was du gerade gesagt hast.«

Alice starrte den USB-Stick an. »Aber das kann nicht sein ...«

Ich lächelte. »Das Spiel ist au-«

»Das war das letzte Leckerchen, Bob!«, kreischte Omami. »Mir reicht's! Komm SOFORT da runter!«

Das war der Augenblick, in dem ich erfuhr, dass ein USB-Stick aus der Entfernung genauso aussieht wie ein Affen-Leckerchen.

»Und was jetzt?«, fragte Molly.

Mr. Dupree stapfte zum Krakatoa-Modell rüber und sagte: »Ich weiß, wie wir ihn da runterkriegen.«

Er nickte Maria zu. Maria nickte zurück. Und dann …

Karl und ich schafften es als Erste, uns aus dem Berg Kartoffeln, Sonnenblumenkernen und Vulkanbrocken rauszuwühlen.

»Stanley fliegt durchs Fenster raus!«, rief Karl und zeigte auf den Vogel.

Ich schaute Karl an. Karl schaute mich an.

32. KAPITEL

»Na komm schon, Stanley!«, bettelte Karl.

Sie hatte eine Tüte Sonnenblumenkerne von ihrem … ihrem … MEINEM Taj-Mahal-Projekt in der Hand.

»Nein!«, schrie Karl. »Davon kriegt er Blähungen!«

Aber Alice hörte nicht auf ihn. Sie warf Stanley eine Handvoll Kerne hin, aber sie landeten zu weit von ihm entfernt. Sie versuchte es noch mal. Und noch mal.

»Ignorier sie einfach, Stanley«, sagte Karl. »Ich hab zu Hause frische Zitronenstäbchen für dich.«

»Mach mir mal ’ne Räuberleiter, dann hol ich ihn runter«, sagte ich.

»Aber sei vorsichtig«, sagte Karl. »Stanley beißt ab und zu, wenn er sich bedrängt fühlt.«

»Na super.«

Ich stellte einen Fuß in Karls verschränkte Hände. Als ich mich hochhievte, landeten zwischen mir und der Rakete auch ein paar Sonnenblumenkerne. Ich hob einen auf und sah Stanley an.

Um sich den Kern zu schnappen, würde Stanley den USB-Stick fallen lassen müssen. Und dann konnte ich mir, schnapp, den Stick greifen.

Chaka chaka So-was-von-Kinderkacka!

GE-SCHAFFT!
WAS MACHST DU DA EIGENTLICH?
KNABBER KNABBER
ICH HAB IHN!
ABER ICH HAB DICH NICHT!
KNABBER KNABBER
WHOAA!
KNABBER
WHOOOST
WAMM! BAMM! WA PONGK!
DANKESCHÖN!
STÖHN ...

Ich schob Karl von mir herunter. Eigentlich dachte ich, Alice wäre längst über alle Berge, aber zu meiner Überraschung war sie nur ein paar Meter von mir entfernt und starrte Molly, Simone und Becky an, die auf sie zuliefen.

»Haltet sie auf!«, schrie ich. »Sie hat den USB-Stick!«

Alice wirbelte herum und wollte in die entgegengesetzte Richtung davonrennen. Aber der Weg war ihr versperrt.

Jetzt hatte sie nur noch einen einzigen Ausweg …

Alice sprintete zum Abwasserkanal und verschwand darin. Eine Sekunde später waren Molly, Simone und Becky da.

»Was ist denn hier los?«, fragte Molly.

Karl starrte Stanley an, der Sonnenblumenkerne vom Boden pickte. »Heute schläfst du allein, mein Freund.«

Molly wandte sich dem Abwasserkanal zu. »Da geh ich bestimmt nicht rein.«

»Arnold und ich gehen rein«, sagte ich, und bückte mich, um ihn zu streicheln. »Stimmt's, mein Kleiner?«

Ich schwöre, Arnold sah aus, als würde er mit den Schultern zucken.

»Du kannst da nicht alleine rein«, widersprach Becky.

»Die Suppe hab ich mir selber eingebrockt«, sagte ich. »Also muss ich sie auch selber auslöffeln.

Außerdem müsst ihr zum Schulseum zurück und alle ablenken. Ich brauche Zeit, um mit Alice fertig zu werden, und ich hab keine Lust, dass Mr. Dupree oder Dr. Daniels mich suchen kommen.«

»Bist du sicher?«, fragte Molly.

»Ja, alles bestens. Ich meine, ich will sie ja nicht an den Haaren da rauszerren. Ich versuche sie zu überreden, von allein rauszukommen.«

Also machten sich die anderen wieder auf den Weg zurück zur Schule.

Ich schaute zu Arnold runter, der mir die Hand abschleckte. Wenn er doch nur furchteinflößender aussehen würde! Dann schaute ich zur Rattenhöhle. Wenn die nur weniger furchteinflößend aussehen würde!

Ich hatte keinen Schimmer, wie ich Alice da rausquatschen sollte. Doch da traf mich die Antwort wie ein Blitz.

Im Gesicht. Ein Wassertropfen. Und noch einer. Und noch einer, und noch einer.

Alice befand sich jetzt nicht mehr in einer Rattenhöhle. Sie war in einem Abwasserkanal, der sich in kürzester Zeit in einen FLUSS verwandeln würde! Sie musste da raus! SOFORT!

Ich stürmte an einem umgekippten Einkaufswagen vorbei zur Tunnelöffnung. Zu unseren Füßen bildeten sich bereits die ersten Pfützen.

Keine Antwort. Ich versuchte es noch mal. »ALICE! HÖRST DU …?«

»GEH WEG!«, schrie Alice.

»Es regnet!«, brüllte ich. »Du bist da drin in Gefahr!«

»Du lügst doch!«, rief Alice.

Ich schaute zu Boden. Die Pfützen liefen schon zu

einem Rinnsal zusammen. »Alice, ich lüge nicht, ehrlich!«

»Ich komm aber nicht raus!«, kreischte Alice.

Das Wasser bedeckte inzwischen den ganzen Boden des Kanals. »Schau auf deine Füße, Alice!«, schrie ich.

Nichts.

Uns blieb nicht mehr viel Zeit. Ich musste Hilfe holen. Ich griff nach meinem Handy.

»Ich komme raus!«, schrie Alice.

Gott sei Dank!

»Ah!«, gellte ihre Stimme aus dem Kanal hervor. »Mein Fuß! Ich stecke fest!«

Ich watete ein Stück in den Tunnel hinein. Arnold wollte mir folgen. Ich blieb stehen. »Arnold, bleib!«, sagte ich.

Arnold bellte, und auf einmal sah er gar nicht mehr aus wie eine ersoffene Ratte, sondern wie Jack, der Hund aus Omamis Fernsehserie – der, der Brandon ständig aus irgendwelchen Wäschetrocknern retten muss.

Es goss in Strömen. Ich kniff die Augen zusammen. Ich dachte, hm … vielleicht …

Arnold legte die Ohren an und bellte. Und dann rannte er tatsächlich los!

»HILFE!«, schrie Alice.

Ich watete auf sie zu. Das Wasser ging mir jetzt bis zu den Schienbeinen und entwickelte schon einen ziemlichen Druck. Bei dem schwachen Licht, das durch die Öffnung drang, konnte ich nicht weit sehen. Aber ich erkannte ein riesiges Durcheinander aus Müll, herabgestürzten Betonbrocken, rostigen Metallstangen, und, etwa fünf Meter vor mir – Alice.

Sie sah echt verängstigt aus.

Ich tauchte die Hände ins Wasser und tastete nach ihrem Fuß, der in einem Bodenriss klemmte.

Alice griff mit einer Hand nach der Stange.

»Mit beiden Händen!«, rief ich.

Alice öffnete die andere Hand – der USB-Stick lag auf ihrer Handfläche.

»Schmeiß das Ding weg!«, schrie ich.

»Na klar, damit du später wieder herkommst und es holst und allen zeigst, was drauf ist? Vergiss es!«

»Da ist sowieso nichts drauf!«

»Was?«

»MACH JETZT!«

Alice ließ den Stick fallen und packte die Stange mit beiden Händen.

»Auf drei!«, sagte ich. »Eins … zwei …«

Das Wasser hatte uns von den Beinen gerissen und trug uns mit einem ziemlichen Affenzahn Richtung Hauptkanal. Vor uns lag der Ausgang. Und der …

Wir hatten nur einen einzigen Versuch, den Wagen zu erwischen, sonst würden wir ungebremst Richtung Hauptkanal davongeschwemmt werden.

»Klammer dich an meinen Schultern fest!«, schrie ich.

»Was? Wieso?«, fragte Alice.

»TU'S EINFACH!«, kreischte ich.

Also schlang sie ihre Arme um meinen Nacken. Der Einkaufswagen kam immer näher. Schnell. Zu schnell. Ich streckte eine Hand aus und …

Mühsam zogen wir uns aus dem rauschenden Wasser auf den Einkaufswagen hoch.

»Steig auf meine Schultern, dann kannst du oben rausklettern!«

»Und du?«

»Ich bin hier in Sicherheit«, log ich. »Und du kannst Hilfe holen.«

Alice kletterte auf mich drauf. Das Wasser stieg zusehends und unaufhaltsam.

Wenn ich aufstehen

könnte, würde Alice bestimmt bis an die Kante reichen. Ich stemmte einen Fuß auf den Boden, dann den anderen. Dann …

Das Letzte, was ich sah, bevor ich unter Wasser gezerrt wurde, war Alice, wie sie sich ans Ufer rettete. Dann ging ich unter. Ich kullerte und schlug Purzelbäume, bis ich schließlich am Boden aufditschte. Irgendwie gelang es mir, mich Richtung Wasseroberfläche abzustoßen.

Der Strom hatte mich bestimmt schon an die zehn Meter weit fortgerissen. Ich schlug um mich, suchte verzweifelt nach irgendwas, an das ich mich hätte klammern können, und dann kam plötzlich die Rettung, in Form von …

33. KAPITEL

Mr. Dupree sah zu, wie Doris außer Sichtweite verschwand.

»Sie ist futsch«, sagte ich.

»Aber du nicht«, sagte Mr. Dupree. »Den Tausch würde ich jederzeit wieder machen.«

»Warum haben Sie Doris überhaupt dabeigehabt?«, fragte ich.

»Als Molly mir sagte, dass Alice in den Abwasserkanal reingegangen ist, hab ich mir Doris und ein paar Handtücher geschnappt und bin los.«

»Aber wieso Molly? Die sollte beim Schulseum Zeit schinden. Was ist denn mit Arnold?«

»Wer ist Arnold?«

»Ach, egal.«

»Hey, unterm Strich ist Doris auch nur ein Pömpel, Paul. Außerdem hab ich ja immer noch den anderen.«

»Welchen anderen?«

»Den, auf dem du und die anderen vom Wachdienst unterschrieben habt? Den du Alice gegeben hast, damit sie ihn mir gibt?«

Alice? Hä?

»Ich verstehe nur nicht, warum ihr euch diese ganze Emily-Geschichte ausgedacht habt, statt mir zu sagen, dass ihr Doris genommen habt, um ein Muster für einen neuen Pömpel zu haben.«

»Ähm … weil wir Sie mit dem neuen überraschen wollten?«

Mr. Dupree sah mich an.

»Waren Sie denn überrascht?«, fragte ich.

Dann zeigte er hinter mich. »Ich glaube, da ist jemand, der sich bei dir bedanken will.«

Ich drehte mich um.

»Danke«, sagte Alice. »Für … ähm … du weißt schon …«

»Ja, ich weiß schon«, sagte ich. »Ich hab doch nur getan, was … ähm … na ja …«

»Ich weiß schon.« Alice lächelte.

Dann machten wir die übliche Auf-die-Schuhe-starren-Verlegenheitsnummer.

Schließlich sagte ich: »Du hast Mr. Dupree den anderen Pömpel gegeben und in unser aller Namen unterschrieben?«

»Ja, ich wollte nicht, dass du für etwas Ärger kriegst, was ich getan hatte.«

»Aber warum hast du mir nichts davon gesagt? Wieso wolltest du dann unbedingt noch den USB-Stick haben?«

»Ich wollte es dir ja sagen, aber dann hast du angefangen, mit allem rumzuprahlen, was ich gemacht hatte, und dann wolltest du mich reinlegen, und ich war nicht mehr sicher, ob du mich nicht von Anfang an nur auffliegen lassen wolltest.«

»Was DU gemacht hattest? DICH auffliegen lassen?«

Alice holte tief Luft. »Die MLIs, das bin ich. Nur ich. Es gab nie eine Ethel. Ich hab einfach die Legende von Emily genommen, die irgendjemand erfunden hatte, um alles zu erklären, was man sich nicht erklären konnte, und sie in MLI verwandelt. Aber jetzt mach ich Schluss.«

»Wieso denn?«

»Kein Junge ist es wert, für ihn zu ertrinken.«

»Junge? Moment mal. Karl?«

Alice lief rot an. Jedenfalls so halbwegs. War schwer zu sagen.

Ich schüttelte den Kopf. »KARL?«

Alice lächelte. »Der hat einiges drauf.«

»Also ging es dir die ganze Zeit nur um Karl«, sagte ich.

»Du hast doch gehört, was er in der Toilette gesagt hat. Er möchte auf Humpty Dumptys Mauer sitzen. Und er gehört dahin. Weil er was ganz Besonderes ist.«

»Klar. Ich hab mitgekriegt, wie ihr beschlossen habt, Karl die MLIs auszureden. Ich hab's mit meinem Handy aufgenommen.«

»Aufgenommen?«

»Aber inzwischen hab ich's schon wieder gelöscht. Ich könnte es nie einsetzen, das würde Karl viel zu sehr kränken. Er mag euch alle nämlich sehr. Ich meine, so richtig, richtig sehr. Und jetzt weiß ich auch, warum.«

»Ähm … warum?«

»Wegen dieser ganzen … na du weißt schon … Sache mit dem Ertrinken und so …«

»Oh. Ach so.«

Das war alles etwas zu viel für mich. Ein unsichtbares Mädchen gründet einen supergeheimen Club, weil sie einem seltsamen Jungen die Chance geben will, auf einer Mauer zu sitzen. Dann mischen sich die Freunde von dem seltsamen Jungen ein und das unsichtbare Mädchen ertrinkt fast, und jetzt wird der seltsame Junge …

»Wir sollten jetzt wohl lieber zum Schulseum zurück«, sagte Alice.

»Moment noch«, sagte ich. »Karl hat was Besseres verdient.«

»Was soll das heißen?«

»Ich hab's echt drauf, aus den richtigen Gründen das Falsche zu tun. Und du hast es drauf, aus … na ja … merkwürdigen Gründen das Richtige zu tun.

Vielleicht könnten wir uns zusammentun und aus den richtigen Gründen das Richtige tun.«

»Die MLIs bestehen lassen?«, fragte Alice.

»Warum nicht? Wir helfen Karl auf die Mauer. Du kannst … na ja … Karl näherkommen. Wir alle helfen der Schule. Das ist eine Win-win- …win-Situation? Ähm … Wie viele Wins müssen da rein?«

»Ziemliche viele.«

»Also, was ist?«

Alice nickte. »Machen wir.«

Wir gaben uns die Hand, dann machten wir uns auf den Weg zurück zur Schule.

34. KAPITEL

Als wir wieder in der Schule waren, gab es einen Haufen merkwürdiger Umarmungen und dann die Ankündigung, dass Perfekto-Phil die Entscheidung über meinen ABST-Test bekanntgeben würde. Aber natürlich nicht sofort, Perfekto-Phil musste mich noch foltern, indem er sagte, die Entscheidung würde erst nach dem Schulseum verkündet. Der fährt wohl voll auf kartoffelbetriebene Sachen ab.

… und auf abgefahrene Zahnbürsten-Technologien …

… und auf unkooperative mythologische Unruhestifter.

Aber dann war es endlich so weit, Dr. Daniels griff sich Perfekto-Phil und bedeutete ihm, ihr auf den Flur zu folgen. Aber Perfekto-Phil schüttelte den

Kopf, nahm sich einen Stuhl und stieg drauf. Na super. Reichte es nicht, dass ich alle enttäuscht hatte? Musste mir das auch noch vor der versammelten Mannschaft unter die Nase gerieben werden?

»Ruhe!«, rief Perfekto-Phil. »Ich habe heute einen Schüler getroffen, der die ABST-Prüfung abgelegt, es aber nicht geschafft hat, seine Lösungswege niederzuschreiben. Offenzulegen, wie man zu seinen Ergebnissen kommt, ist wirklich wichtig. Wenn wir Lehrbeauftragte eure Lösungswege nicht sehen, können wir ja auch nicht wissen, ob ihr den Stoff versteht, den wir euch beibringen wollen.«

Außer, man versteht alles ganz wunderbar und braucht gar keine Lösungswege, um aufs richtige Ergebnis zu kommen, dachte ich.

»Außer, der Schüler hat sehr wohl alles verstanden und braucht gar keinen Lösungsweg, um auf die richtige Antwort zu kommen«, fuhr Perfekto-Phil fort.

WAAAAAAAAAS?

»Standardisierte Tests sind sehr nützlich«, sagte Perfekto-Phil. »Aber nicht, wenn man einen Schüler testet, der nicht dem Standard entspricht. So ein Schüler schneidet bei nicht-standardisierten Tests viel besser ab. Wie zum Beispiel beim Schulseum. Hier konnte ich mich mit eigenen Augen davon überzeugen, dass Paul Ramsey etwas kann, was ihr auch könnt, nämlich …

»Hiermit erkläre ich, dass er die ihm gestellte Aufgabe perfekt erfüllt hat. Der Emily Dickinson Middle School wird daher ein außerordentlich gutes Ergebnis bescheinigt und sie wird als vorbildliche Schule ausgezeichnet. Und ich glaube, ihr wisst alle, was das bedeutet.«

Was war denn da gerade passiert?

Während alle jubelten (Karl so sehr, dass alle anderen das schon wieder merkwürdig fanden), schaute ich mich nach Alice um. Ich entdeckte sie sofort, denn sie war … strahlend und bunt und total leicht zu sehen.

»Du bist so eine Art Superheld, Paul«, sagte Mr. Dupree hinter mir.

Ich wirbelte herum. Mr. Dupree und Omami standen nebeneinander, vor einem Fenster.

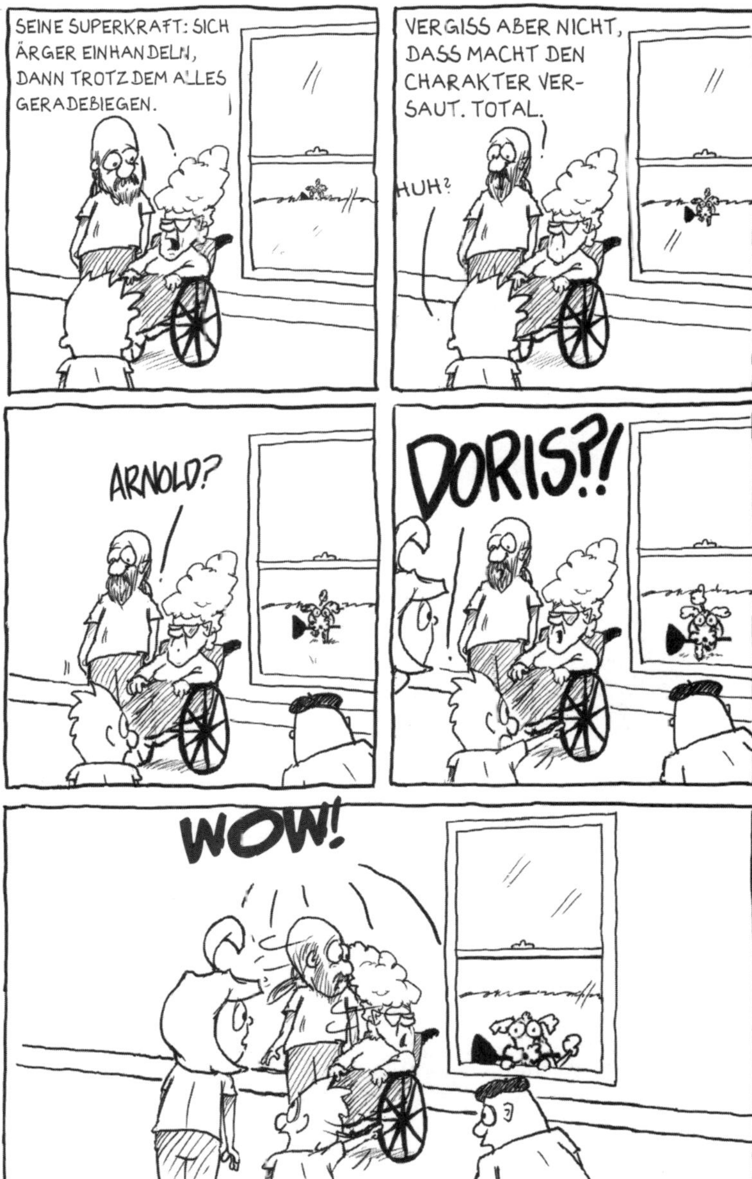
SEINE SUPERKRAFT: SICH ÄRGER EINHANDELN, DANN TROTZDEM ALLES GERADEBIEGEN.
VERGISS ABER NICHT, DASS MACHT DEN CHARAKTER VERSAUT. TOTAL.
HUH?
ARNOLD?
DORIS?!
WOW!

Wow.

DANKSAGUNG

Wieder einmal bin ich meiner großartigen Lektorin Lisa Yoskowitz zu Dank verpflichtet, weil sie immer so Sachen sagt wie: »Nein.«, »Auf keinen Fall, soll das ein Witz sein?«, »Besser.«, »Nett.«, »Sehr gut.«, »Super.« – und ein einziges Mal: »Mega super!«

Ein Dankeschön auch an meinen Agenten Dan Lazar, für seine Ratschläge und seine Unterstützung, und weil er mich einmal was ganz Bestimmtes hat tun lassen, was ich lieber nicht hätte tun sollen, und hinter NICHT »Hab ich's doch gesagt!« gesagt hat.

Ebenfalls ein dickes Dankeschön an meine Familie und Freunde, weil sie für diesen unleidlichen Höhlen-Eremiten, in den ich mich verwandle, wenn Abgabetermine für Text und Zeichnungen dräuen, so viel Geduld und Verständnis aufbringen.

Wenn man so ein Buch anfängt, hat man keine Ahnung, wie man es zu Ende bringen soll. Und dann schafft man es doch, irgendwie. Es ist immer ein Kampf, aber einer, der durch die Hilfe und Hingabe von Agenten, Lektoren, Grafikern, Korrektoren, Herstellern, Marketingmenschen, Verkaufsexperten, Presseleuten, Familienangehörigen und Freunden mitgetragen und erleichtert wird.

In Texas haben wir so eine Redewendung: Du tanzt mit dem, der dich ausgeführt hat. Ich hoffe, ich darf noch lange mit euch allen tanzen.

MICHAEL FRY

war ein schulischer Einzelgänger, der Schach und Horn spielte (und überlebte).

Endlich raus aus der Schule, wurde er Comiczeichner. Seine Comicstrips *Ab durch die Hecke* kamen 2006 sogar als Animationsfilm ins Kino. Der Film feierte einen riesengroßen Erfolg. Und bald wurde Michael Fry auch der Gründer einer Firma, die gedruckte Comics digital bearbeitet und animiert. Er ist stolzer Vater von zwei Töchtern, lebt in Austin, Texas.